Jarry Tage und Nächte. Roman eines Deserteurs

Frühe Texte der Moderne
Herausgegeben von Jörg Drews,
Hartmut Geerken und Klaus Ramm

Alfred Jarry

Tage und Nächte

Roman eines Deserteurs

Übersetzt aus dem Französischen
und herausgegeben von Eugen Helmlé

edition text + kritik

CIP-Kurztitelaufnahme der Deutschen Bibliothek

JARRY, ALFRED:
Tage und Nächte: Roman e. Deserteurs / Alfred
Jarry. Übers. aus d. Franz. u. hrsg. von Eugen
Helmlé. – München: edition text + kritik, 1985.
(Frühe Texte der Moderne)
ISBN 3-88377-184-8

Satz: typodata GmbH, München
Druck: Weber Offset GmbH, München
Buchbinder: Vogel GmbH, Haar
Umschlag-Entwurf: Dieter Vollendorf

ISBN 3-88377-184-8

Buch I
IM EISENBAHNWAGEN

Der Soldat ist sowohl in Frankreich als auch in Preußen nur noch ein angeketteter Mensch; er flieht in die Freiheit, sobald sich die erstbeste Gelegenheit dazu bietet.

Der gute Soldat von De Boussanelle, Brigadier in der königlichen Armee. Paris 1770

I

ERSTER TAG

»Wirst du wohl still sein, du roter Mistfink!« sagte Ilane und zeigte dem Vogel in seinem unsichtbaren Käfig die Faust. – »Kuru!« antwortete sein sehr hoher Celloton eindringlich grell dem Geräusch der Zuckungen des Mädchens in dem großen Bett auf dem Boden, weiß bis zur Wand und zur Tür und unter dem großen Eichenschrank, dessen Flügel bei den Stößen baritonte. Das andere Paar, Margot und Valens, rückte ein wenig amüsiert und erschreckt beiseite, da ein Prankenhieb Ilanes Margot zerzauste und Valens quer über dem Bauch zeichnete. Da Sengle[1] auch diese Höhepunkte einer monotogenen Arbeit lustig fand, bewegte er sich kaum und atmete geräuschlos, froh, daß er über den je nach der Ruderbewegung seitlich ausgestreckten Armen geschützt war, so wie man sagt, daß meistens dem kantigen Giftbein das Männchen der Tarantel ausweichen kann.

Es gab viele kindische Dinge im Zimmer, eine Schildkröte kratzte und schrammte, wobei sie eine kleine blaue, am Schildpatt festgehakte Lampe in Bewegung setzte; und es gab einen Wecker in Form eines Schädels, eingerieben mit Kalziumphosphor, dessen Kinnlade brummelte und zitterte und den man nie wecken ließ, da sein Rasseln eine allzu häßliche Grimasse erheischte. Und es gab eine Schiefertafel, auf die Ilane, wegen einer Wette, hatte Sengle gesagt, die kindischer war als alles andere, von Zeit zu Zeit, dabei die vorhergehende auswischend, eine Zahl schrieb. Und es war Mitternacht nur im Gleichklang der Schiefertafel und der Uhr.

Das Zimmer und alle im Zimmer und ihre Handlungen waren dieselben in den anderen Stunden der Nacht, zumal Sengle und Valens wenig auf Mädchen standen, weil sie miteinander viel

1 SINGULUM: Sans avoir m'a laissié tout sengle (Rutebeuf) (Hat mich ohne Habe ganz allein gelassen)

intelligenter reden konnten und nicht miteinander redeten, weil sie sich schon durch ihr Zusammensein recht gut verstanden. Im Gemüsewagen herangekarrt, kam der Tag wie das Rollen eines zusammengeschrumpften Meeres in einem Porzellangeschirr; und nach einer Diskussion zwischen den vier, um herauszufinden, ob auf seiner Schiefertafel 17 oder 18 stand, wobei Sengle den Vorschlag machte, alles auszuwischen und von vorn zu beginnen, verließen die beiden Paare auf zwei Tandems das Haus, denn für das nun folgende war es für Sengle unerläßlich, daß seine Müdigkeit groß sei, und sein Bruder hatte ihn überallhin begleitet, weil dieser liebe Kopf vor ihm und nicht ein gelberes oder weißeres Gestirn die Nacht vom Tag unterschied, damit er nicht ganz unglücklich war.

II

ERSTE NACHT

Die Champs-Élysées, Nebel, einige Radfahrer, wie sie vorhin. Sengle, wieder korrekt gekleidet, unterscheidet sich von der vor dem Palais de l'Industrie wartenden Menge dadurch, daß er am Hut nicht die dreieckige, kolorierte Pappscheibe mit einer ziemlich dicken Zahl stecken hat. Straßenhändler verkaufen dieses Souvenir und noch andere, teuerere, zum Einrahmen, versichern denen, die sie ablehnen, daß eine Nummer unbedingt sein muß, damit einem dadrin, bereits zum Vieh gehörig, nicht die Kleider gestohlen werden.
Man wartet auf den Bänken, noch wenig diszipliniert, Pennäler vor allem in dieser großen Klasse, dazu die Lustigkeit der Aufpaßgendarmen.
Dann ist man nackt in einem anderen Saal, die Anthropometrie beginnt; immer noch Gendarmen, unter ihrem blauen Hackebeil, und tressengeschmückte Händler. Man wird auf der Waage jenes Galgens gewogen, den man die Meßlatte nennt; hoffentlich ist Sengle nicht schwer genug. Unterdessen herrscht ein warmer Geruch nach gescherten Schafen, es ist uninteressant, die Stufen hinaufzugehen und außerhalb des Pöbels wie ein junger Gott zu erscheinen; doch die visuellen und taktilen Atome der anderen Körper sind wirklich zu nahe. Warum ist dieser Galgen nicht vom Regenkreis einer Dusche gekrönt? Man kreuzigt dort einen kleinen, sehr häßlichen Mann, und einer der Betreßten drückt seine Daumen in seine rothaarigen Leisten. Hilfsdienst, wird verkündet. Eingezwängt in die Schlange ist Sengle die Stufen hinaufgegangen, hat keine Zeit, sich zu erkennen. Ein Schlag auf die Muskeln, diensttauglich, Stimme und gleichzeitig Stoß in Richtung auf seine Kleider.
»Das da muß alles abgeschnitten werden«, sagt ein Gendarm, weil er lange Haare hat.

III

EIN ANDERER TAG

Der freie Sengle ist zum Tode verurteilt, und er kennt das Datum. Und schon segelt sein weißes Blechbett in Gondelform. Sengles Körper, wie der des orientalischen Königs, steckt bis zum Gürtel in einem Hüfthalter aus schwarzem Marmor, der noch weiter hinaufreichen wird, und er erinnert sich an einen Spaziergang in einem Wald mit seinem Bruder in einem Geisteszustand, als ob er Haschisch geraucht hätte. Sein Körper ging unter den Bäumen dahin, stofflich und sehr gelenkig; und er wußte nicht, was für Gasförmiges obendrüber schwebte, als ob eine Wolke aus Eis gewesen wäre, und es mußte wohl das Astrale sein; und etwas anderes, Hartnäckigeres, entfernte sich dreihundert Meter weiter dem Himmel zu, die Seele vielleicht, und ein sichtbarer Faden verband die beiden Drachen miteinander.

»Mein Bruder«, sagte er zu Valens, »berühre mich nicht, denn der Faden wird an den Bäumen unterbrochen, wie wenn man mit dem Drachen unter Telegraphenmasten dahinläuft; und ich habe das Gefühl, wenn das geschähe, würde ich sterben.«

Und er hatte in einem chinesischen Buch diese Ethnologie eines China fremden Volkes gelesen, dessen Köpfe zu den Bäumen fliegen können, um die Beute zu packen, festgebunden durch einen sich aufrollenden Bindfaden, und sich dann wieder auf ihre blutenden Hälse setzen. Doch es darf nicht ein bestimmter Wind wehen, denn wäre die Schnur gerissen, würde der Kopf übers Meer hinaus fliegen.

Ähnlich seinem Bruder Valens, den er zehn Monate lang fern weiß, entfernt sich der freie Sengle von dem Soldaten, und er sah seine Vergangenheit wieder als die Gegenwart von Valens, wie Eindrücke, die ihm gefallen und folglich die einzig wahren seiner Seele sind. Und da ist nun der andere Musterungsraum, durch den er zuvor gegangen war, dessen Erinnerung zu dem weißen Bett in Form einer Gondel zurückgekommen ist.

In einem riesigen, rot-grauen Atelier, unter der Oase einer großen Lampe. Severus Altmensch, der jüdische Eunuche; Raphael Roissoy, der Malergastgeber; Freiherr Suszflasche, der berühmte deutsche Ästhet; der Journalist Bondroit; ein kleines Mädchen, von Beruf Modell, genannt Huppe; und Sengle selbst.
Nachdem Huppe Sengle erklärt hatte, daß es ihr angenehm sei, seinen Körper zu sehen und zu besitzen, so wie sie den Raphael Roissys und davor den Bondroits besessen hatte und nicht hoffe, den des deutschen Ästheten zu besitzen, gab ihr Sengle zur Antwort, daß es viel lustiger sei, zu sehen, ob es Huppe möglich sei, den des jüdischen Eunuchen Severus Altmensch zu gebrauchen, denn eigentlich wisse niemand, ob ihm wirklich so viel fehle, daß er ein Eunuche war, oder wenig genug, um ihn nur als Juden zu kennzeichnen. Und man verfiel auf eine List. Man schlug das in einem Atelier statthafte Spiel vor, durch Los zu bestimmen, wer nackt auf das Modellpodest zu steigen habe; und ohne Mogelei, obgleich Sengle vorausgesagt hatte, daß das eintreffen würde, fiel das Los auf Severus Altmensch. Da dieser zu gehorchen sich geweigert hatte, hielt ihn Sengle – mit den Fingerspitzen – an den Schultern fest und Huppe zog aus…
Severus Altmensch erschien nackt, ausgenommen seine Füße, die noch unförmiger waren, als man sie sich in den übertriebenen Stiefeln vorstellte. Hohle Brust, zu einer Tetraederkante vorspringender Bauch, die Arme zwei Latten gleich, Beine wie ein Faun – ein Faun, den man aus Scham auf einer Graphik kastriert hätte – und alle Glieder in unvorhergesehenen Richtungen miteinander verbunden. Überall kümmerte ein lockiger Astrakan aus Vikunja- oder Lamawolle, eine Wolle, die nach Fettschweiß roch; und mit seinen zu Krallen geschnittenen Fingernägeln zupfte er den dreieckigen Schamberg seines enormen Bauches zur Brust hin, mit der Spitze nach oben.
Huppe wollte seine vollkommene Willfährigkeit; Severus stieß leise Schreie aus, zierte sich und biß sie in die Brust. Sie hatte keinen Erfolg, denn er war Masochist, Fetischist und Paragra-

phenhund und ringelte sich auf dem Teppich, wobei er am Schnabel eines ausgestopften Pfaus lutschte.
Entsprechend der Reihenfolge der Lose entkleidete sich Freiherr Suszflasche fast ebenso schändlich, da er, jetzt vierundzwanzig Jahre alt, mit zwölf Jahren im Wachstum stehengeblieben war, wie Schopenhauer es von seinesgleichen fordert; die Knochen nur und der Bauch lebten.
Raphael Roissoy, schön von Angesicht und weil er sich zurechtgemacht, der Körper zu weiblich nach Vincis Johannes der Täufer. Bondroit gut; und der letzte, Sengle, der harmonischste, fand man, und der Körper am keuschsten, obgleich sein beginnender Schnurrbart zu sehr auf Malermodell herauskam.
Und da es nur sechs nackte Körper gab, gab es keine öffentliche Unzucht. Plötzlich klingelte – und Bondroit ging ganz nackt öffnen – Moncrif, von fast ebenso verschrumpelter rothaariger Häßlichkeit wie Severus Altmensch. Der Eintretende, verblüfft und eine paradoxe Vergewaltigung fürchtend, setzte sich, immer noch mit mehreren Überziehern herausgeputzt. Und alle hatten einen tiefen Horror vor ihm; denn als siebter, obgleich bekleidet, bildete er die Unzucht.
Und die sechs verschwanden im Rauch der großen Lampe, nachdem das Glas gesprungen war; und empört über den anwesenden Siebten liefen sie barfuß auf Schnittwunden den Kleidern zu.

IV

TRAUERKLOSS

Sengle, der gern wegen Dienstuntauglichkeit ausgemustert worden wäre, bevor man ihm die Haare schnitt, fragte sich ängstlich, ob es ihm noch vor dem Sprung in die gemeine Livree gelingen würde oder nicht. Er hatte nur ein einziges Mal einen Soldaten aus der Nähe gesehen; zufällig, in einem Eisenbahnabteil dritter Klasse, in der Nähe von Brest, ein Heimkehrer, der unter seinem Mantel und seiner Hose ganz nackt war. Durch die Löcher der Taschen sah man die schmutzige Haut. Er roch nach Kacke, Fieber, Sperma, Wichse und Waffenfett. Die Kleider, die man Sengle hinwarf, hatten ganz offensichtlich mehrere Tonkinesenkörper abgekriegt. Sengle begriff die Nützlichkeit von Unterhosen beim Barras gegen die Berührung mit diesem Futter. Gewiß, physisch desinfiziert; doch die Gerüche blieben im Geiste drin. Ein erschwerendes Detail: die Schuhe. Die allerkleinsten suchte er. Und er versank in dreiundzwanzig Zentimeter langen Lederkästen, die Platz ließen für Schlingern und Stampfen, die Fersen mit ihrem Hin und Her scheuernd und den Spann zu unbewußten Gymnastiken zwingend, um sie mit der Scheinheiligkeit einer Polsterung von schwarzer Schleimigkeit am Fuß zu halten.
Symmetrisch hierzu hielt eine ähnliche Schmutzschicht das Leder des Kepis geschmeidig. Aus den Knöpfen von Brandstifterlakaien mit ihren Granatsteinen stieg ihm der Grünspan in die Nase. Und die Ärmel seiner Jacke waren lang – die vorschriftsmäßigen Maße sahen nämlich durch die Verkürzung der Arme eine weniger sichtbare Unterscheidung der Anthropoiden vor, deren Füße Hände, deren Hände aber auch Füße waren, ähnlich der Seequalle, die als Anus und Mund nur ein einziges Loch hat.
Der Gefreite fühlte sich wohler, ihn nicht mit Herrn anzureden.

Der theoretische Unterricht in den Stuben – die Neueingekleideten in »militärischer Haltung« um den Vorgesetzten herum und stolz, Bauern die meisten, ihre martialischen Anzüge betrachtend – machte Sengle Spaß, denn er erfuhr, was die Tressen bedeuteten und lernte die Dienstgrade zu unterscheiden. Da er sich aus Faulheit und instinktivem Ekel nie um diese Blechwaren gekümmert hatte, stopfte und füllte man ihn unermüdlich mit dieser Wissenschaft.

»Gibt kein Monsieur mehr hier. Zu mir sagt man Gefreiter und nicht Kapo. Nicht Herr Gefreiter: Herr sagt man erst ab Unteroffizier...«

V

MARSCHROUTE

Nachdem ein Altgedienter ihm das Bett gemacht hatte, dessen Laken ihm unter den grauen und braunen Gefängnisdecken, mäuse- und maultierfarben, furchtbar schmutzig erschienen, schlief er im Lärm und im Luftzug der beiden großen Türen ein.
Er, der Angst vor Spiegeln hatte, betrachtete sich durch diese Öffnungen in anderen Soldaten.
Die dunkle Holzwand zwischen den Holzpritschen stand vor ihm wie die Futterkrippen in einem Pferdestall oder Türen in einem Eisenbahnabteil dritter Klasse. Dunkle Hände bewegten durch ihre Scheiben stinkende Klamotten, deren Namen er nicht kannte. Der Zug rollte in Richtung Amiens und Lille...

Die Häuser erröten in dem Maße, in dem der Zug nach Norden eindringt: sie rauchen in gebranntem Ton und ihr Mund zeigt deutlich die Buchstaben: KNEIPE. Die Landstraße ist mit der Asche sehr alter, verwaschener roter Hosen gepudert und gestäubt. Unter Schrott unter den Wagen ein entsetzliches Pflaster. Und der moderne Norden hat mit dem antiken Ekbatana dies höchst gemein, daß die Städte, wie der erste Mensch, in der Sonne gerötete Erde geblieben sind.
Der Zug fuhr in Richtung Amiens und Lille; er fuhr durch Halluin und Menin.
Dann auf einmal nasser Roggen und die Bäume, die man nur in der untergehenden Sonne so recht erkennt, denn um diese Zeit sind sie genau das geblieben, was Memling aus ihnen gemacht hat, nichts anderes als große, gekräuselte Federn. Danach ist alles grau, und man sieht überhaupt keinen Horizont mehr. Parallel zum Zug verläuft unter den Telegraphenleitungen ein Damm. Und seinen Parallelismus auch diesen Vermessungsleitungen anpassend, knallt und schäumt das Meer drei oder vier Meter tief, und dahinter ist fast nichts als sandfarbener Himmel.

Man fuhr an Brügge vorbei, wo die Züge in Kathedralen einlaufen und wo die Häuser in den kleinen Straßen sich als sterbender Affe oder als bewegter Nymphenschenkel kleiden; wo auf dem Biersäuferplatz eine kleine alte Frau Leuchter aus grünem Ton verkauft. Die Nacht ist völlig aus dem Meer herausgekommen und die Wellen zünden in der ganzen Breite große Sägen smaragdgrünen Phosphors an. Der Zug fährt an den Stränden entlang, wo die Masten der sonntäglichen Bogenschützen die einzigen Bäume sind...
Sengle fuhr an Halluin und Menin vorbei und wurde erst beim ersten belgischen Gendarmen wach.

Es war der Furier, der ihn an den Füßen zog:
»Aufstehen! Der Spieß verlangt nach Ihnen.«
Ganz verschlafen stieg er in seine blutige Unterhose und seine Pagenjacke mit den scharfkantigen Knöpfen. Der Spieß ließ seine Bücherweisheit wegen der Übersetzung eines Buchstabenrätsels aus der Zeitung kommen, von dem er übrigens nichts verstand.
Nach verschiedenen Treppen gelangte er in den Hof, das riesige nächtliche Gefäß der vier Militärgebäude, schwach vom Schnee beleuchtet, an einer Ecke vom Gelb der Fenster und dem rauchenden Kamin des Postens geschwefelt.
Ein sehr schönes Lied mit undeutlichen Worten stieg aus einem spätgotischen Kellerfenster auf, Mund des Halleluja der gesamten bretonischen Menge eines Pilgerzugs oder Dolmetsch des Lärms, den Samuel Taylor Coleridge um die himmlischen Geister herum hörte:

...Sanfte Töne kommen ganz langsam aus ihrem Mund.

Um sie her schwebte eine Weile jeder sanfte Ton;
Stieg dann auf
Wie eine Pflanze
Den Sonnen entgegen.

Von den Sonnen dann kamen ähnliche Töne zurück,
Bald gemischt, bald allein, in langsamem Fall.

Manchmal
Fiel vom Himmel so etwas wie ein Lerchenlied;
Manchmal
Wurde das stumme Meer
Vom Gezwitscher der Vögel des Waldes bevölkert.

Oder es war eine einsame Flöte
Oder das Konzert aller bekannten Instrumente
Oder das Geheimnislied
Eines Engels das man vernommen im kontinuierlichen Schweigen
Des Himmels und der Erde.

Und Sengle lauschte sehr lange dem Koch, wie er den Morgenkaffee durch ein obszönes Lied filterte.
Unter dem Mond schrieb das Zifferblatt mit einer stummen Grimasse: vier Uhr.
Sengle ging wieder hinauf in die Stube seiner Gruppe oder in irgendeine unter der Vielzahl der einander ähnlichen Türen und Stockwerke und sah in mehreren an der Stelle, von wo er weggegangen war, Körper gleich dem seinen, auf der Flachheit der Betten kaum hervortretend. Als er sein richtiges Lager wiederfand, lief ein springender Ton über das obere Gepäckbrett, ein barfüßiger alter Trommler glitt an der Ablage entlang und schlug dabei dumpf auf seine Trommel, die dort stand und mit großer Geschwindigkeit nacheinander Ausrüstung und Tornister auf die Brüste der Schlafenden kippte.
Wieder setzte ein wenig Stille ein, und etwa beim Erwarten des furchtbaren Horns begann der Tag seine bereifte Schnauze an den Fensterscheiben plattzudrücken.

VI

VORSTELLUNGEN

Ein Pfiff. Letzter Halt. Ein Haufen Leute ist gekommen, der General dabei, das ist gut möglich, alles Militärsoldaten, die ein vergoldetes Ding mit sich schleppen, das die Standarte ist, auf dem Bauch eines sehr stolzen Oberleutnants aufgepflanzt (das Gefäß der Depeschen, sagte der Herold des Aristophanes). Außerdem gibt es einen Haufen Steine, und es ist angenehm, nicht vom Rad zu steigen und beim Halt sitzen zu bleiben, den linken Fuß auf dem Pflaster. Man braucht nur ein wenig den rechten Fuß zu bewegen, um weiterzufahren. Es wäre trotzdem militärisch höflicher, denkt Sengle, den Fuß auf den Boden zu setzen und sich nur mit dem Ellbogen auf das Fahrrad zu stützen, denn jetzt steht der General gegenüber und präsentiert seinen Säbel, die Trommler schlagen den Präsentiermarsch, alle diese armen Teufel haben den Tornister auf dem Rücken und präsentieren die Waffen…
Wieder ein Pfiff. Über die rechte Flanke. Marsch.
Sengle, verschlafen und benommen, fährt monoton vor sich hin, so wie ein Eichhörnchen im Laufrad seines Käfigs einen Leierkasten dreht, dahinter die Rotte, davor die Musik, die ihn antreibt, den Dreck an den Hinterbacken der vorausgehenden Trommler abwischend.

Am Abend, der Gefreite:
»Sie sind ganz schön dreist, Sie; Sie haben die Fahne nicht gegrüßt.«
»Die Fahne?« sagt Sengle. »Ich habe es nicht aus Trotz getan. Die Fahne zu grüßen wäre mir nicht in den Sinn gekommen. Außerdem war ich sehr damit beschäftigt, den andern beim Grüßen zuzugucken.«
»Einschließlich des Generals. Hoffentlich verpaßt er Ihnen keine dreißig Tage Bau.«

Am andern Tag, beim Rapport:
»Vierzehn Tage Gefängnis für die Soldaten Mathurin, Kerlevezou und Gautier, die im Zimmer hinter den Scheiben standen und das Kepi nicht abnahmen, als im Kasernenhof zum Fahnenhissen geblasen wurde.«
Das ist alles.

VII

FORTSETZUNG DER VORSTELLUNGEN

So wie ihn der Spieß am ersten Abend zu sich bestellt hatte, wurde Sengle von seinen Offizieren aufgefordert, bei der Frau Oberst den dekadenten Dichter zu spielen, wobei er übrigens den Fehler beging, nicht zu erscheinen; und Oberleutnant Vensuet, der den Auftrag hatte, den Furieren einen Kurs in Literatur zu geben, las ihnen Literatur von Sengle vor.
Und er las Sengle, den er zu sich gerufen hatte, seine eigenen Verse vor (er hatte welche gemacht), mit diesem wunderlichen Epigraph:

> Der Hochzeitsschreiner hatte seinen Enkel verloren. Er steigt auf die Leiter. Er schlägt einen Nagel in die Tür. Zur Spinne: »Und jetzt, Kreuznagel, spinne deine Wand.«

PASTORALE

Der Wiesen Hoffnung und des stillen Himmels Lächeln
Besehn die rege Luft, dieweil der Rasen blitzt.
Die Ulmen, schmachtendblaß, mit ihrem Wedel fächeln
Der Sonne zu, die matt am Horizonte schwitzt.

Das lose Schleifenband der Hüte leicht berührend
Auflacht der Wind und rückt der Spinne auf die Pelle
Das schwere Knotenband tief in den Nacken führend
Des Harlekingewands vorn an der Bühnenschwelle.

Es quietscht im Dachgeschoß die Geige, schier verrückt,
Auf diesen Lautmotor der Hampelmänner kriegen
Die Tänzer ihren Schuh fest in den Schlamm gedrückt,
Das Boot des Bogens schwimmt in Rhythmen, die dich wiegen.

Hier sind des Sonntags und hier sind der Gläser Schall,
Der blanke Goldschmuckton der hängenden Mantillen,
Der Mandolinenklang aus Minnesangkristall,
Der Schilfrohrrüssel Schrei, er leckt mit heißem Schrillen.

Die Sonne, purpurrot, sich auf der Ebene wärmt.
Die Paare, zwei und zwei, zu einem Obdach rannten.
Im Regen, näher noch, der Tanz der Schuhe lärmt.
Wann ist die Stunde da der Kolibribrillanten?

Die Strahlen schlugen zu. Und beider Pole Flächen
Mit ihres Wassers Pfeil auspeitschen hohle Rinden.
Es fällt der Donner schwer. Er lärmt mit seinen Blechen.
Aus ihres Holzes Haut sich die Damaste winden.

Im zugesperrten Kreis der beiden Augenlider
Ist Blattwerk an der Wand des Kreuzes eingeschlafen.
Nun aber schließen sich die ewigen Krallen wieder
Die mit der Krone auf das Haupt der Könige trafen.

Im goldnen Morgenrot Gespenster nicht mehr wohnen.
Von schwerer Füße Last die Blumen hin sich streckten.
Es wiegt von links nach rechts, beim Schlingern der Plektronen,
Die Zeit, dem Sämann gleich, den Aufflug der Insekten.

Es hat des Schornsteins Lied den Schraubengang gebläut.
Auf frischem Algennest die Quelle hundertfach
Die Wassertröpfchen in der Flöte Löcher streut.
Hoch sprang das Rebenholz der Trommel aus dem Bach.

Von denen, den' erstarrt die Hoffnung des Geschlechts
In kalten Gräben dort der Wirbel jäh zerbricht
Für die, die prangern an die Kuppel unsres Rechts:

Die Graugans ist verblüfft im grellen Sonnelicht,
Das Horn aus Elfenbein an Stieren niedrer Stirn.

»Offiziersverse« sagte Sengle respektvoll, wie eine Frau in einem Freudenhaus ihrem Beruf entsprechend dem Schützen Arsch gern schmeichelt.
Vensuet, der wirklich intelligent war, wurde rot.
Er gestand, daß seine beiden Tressen nur Werkzeuge seines Broterwerbs seien, daß er Anarchist und künstlerisch tätig sei, und versuchte sich informiert zu zeigen.
»Ich weiß über alle Versuche der Jungen Bescheid. Ich begnüge mich nicht damit, unsere großen *zeitgenössischen* Dichter zu lesen, Victor Hugo und Alfred de Musset. Ich kenne Maupassant, Zola und Loti auswendig; ich bewundere den *unauslotbaren Abgrund* des Buches vom Mitleid und vom Tod. Ich habe mir *Trimardot* im Theater angesehen. Wie natürlich hier die Sitten und Gebräuche der Bauern beobachtet sind! Das Urbild des Landmannes, der inmitten seiner sterbenden Angehörigen nur an seine Ochsen denkt. Die Deklamationen Trimardots vertragen sich zwar wegen ihrer dichterischen Sprache nicht so recht mit dieser lebensechten Studie, doch sie sind beherzt und was für schöne Verse! Waren Sie in *Trimardot?*«
»Anderswo«, sagte Sengle, »aber ich habe dort Genüsse erlebt, die den Ihren ganz ähnlich waren. Im Variété am Boulevard Jovial, wo Mimen für mich ohne Übertreibung die natürlichsten Leidenschaften, wie sie *uns* alle aufwühlen, zum Ausdruck brachten.
Es war eine italienische Pantomime, die anfing wie alle italienischen Pantomimen, bis Pierrot und Cassandra den Harlekin umbrachten, und der Doktor, nachdem er mit kleinen Trippelschritten drei Runden um den Leichnam gemacht hatte, ihn beim Halt einer Börse zu Sezierzwecken in sein Laboratorium mitnahm.
Als Pierrot den Toten aufhob und ihn an die Wand klebte, wobei er ihm hinter den Kopf spuckte, weil die Leichenstarre noch nicht eingetreten war; als er ihm den Rücken zuwandte und ihn aufladen wollte und die Leiche sich bis zu dreimal entzog, in den Knien zusammensackend, wie es jedesmal geschieht, wenn man seinen Mord mitnehmen will, und man nur ins

Leere greift; und als er sich arglistig wieder aufrecht stellte, nachdem Pierrot ihm fest ins Gesicht gesehen, war der einzig mögliche Transport, da er steifgeworden, der, ihn an den Hüften zu halten und hüpfend bis zur Tür des Laboratoriums zu stoßen, und als Colombine, nachdem sie den Vorhang hochgehoben hatte, ebenfalls steif wurde, mußte man sie auf die gleiche Weise springend wegtragen; hier wurde klar, daß der Autor des Mimen Leben und Tod aus Erfahrung kannte, und *wir* alle erkannten Szenen wieder, die wir erlebt hatten, und Leidenschaften, die im Sinne der unseren waren... Der König sagt Wir.

Gerade hier aber war der Eindruck entsetzlich genau und die *Lebensechtheit* stand geradezu vor uns, und das war sehr schön. Pierrot setzte sich, um auf einem Blatt Papier die Erbschaft des Toten zu überschlagen, und der Tote kam oder besser der Tod, nackt bis auf die Knochen, hinter dem Stuhl hervor (weil der Mime unter einem roten Trikot verschwand, nicht zu unterscheiden von der dunkelroten Leinwand im Hintergrund, auf die kunstvoll Knochen aufgemalt waren, und grüne Projektionen belebten die Knochen und zerstörten das Fleisch bis ins Schwarze, so wie man sich in zwei zu fünfundvierzig Grad ungenau zueinanderstehenden Spiegeln den Arm anschaut und zwei Bilder sich schlecht decken, einen schmalen Radius zwischen ihren fließenden Figuren zurücklassend), löschte die Kerze, die seinem Finger glich und die Linke Pierrots beleuchtete, dann die von rechts, als die Kerze von links wieder angezündet worden war; und er marschierte rhythmisch, im Schritt der Posaunenbläser. Und als Pierrot sich umdrehte und seinen entsetzlichen Gewissensbiß sah, lief Cassandra herbei und hob ihn weiß vom Boden auf und bewies ihm, daß er nichts hatte; man machte wieder den Schrank des Laboratoriums auf, wo Harlekin, noch nicht seziert, immer ruhiger zum *Leichnam* wurde. Und nach dieser Feststellung der Richtungen kam der Tote, nur bekleidet mit den Spitzen seiner Knochen, zurück, und das dauerte bis zu viermal, mit der unauslöschlichen Angst der beiden Altweibergesichter, die bei der Rückkehr der Tanz-

weisen vergeblich das Fleisch des lächelnden Körpers mit seiner Festmaske und seinen bunten Rauten prüften.
Und am Ende, in der Apotheose eines Balletts, mischte sich das Skelett unter alle anderen. Ist das nicht bester *Realismus* und die subtilste Beobachtung unseres Alltagslebens?«
»Natürlich«, sagte Vensuet, damit es so aussah, als begriffe er, »das ist der *tiefere Sinn* Holbeins und der Totentänze, *Memento, homo*…«
Nach einer militärischen Kehrtwendung beschleunigte Sengle die beiden ersten Schritte seiner Flucht, enttäuscht darüber, daß man, wie eine alte Dame, Bescheid wußte über die Kunstgeschichte und lateinische Zitate und allgemeine Vorstellungen.

VIII

EINER FLUGBAHN ENTSPRECHEND

Am Morgen erhielten sie den Befehl, die Drillichhose auszuziehen, die ihre rote Hose schützte und die Knöpfe an den hochgerafften Mänteln Nr. 3, deren linker Zipfel das Bajonett zurückhielt, blankzuwienern. Sie hakten zwei Patronengurte und eine Patronentasche an den Schultergurten fest, und die Gefreiten, die von zwei Männern Schnüre durch die Läufe der Lebelgewehre hatten ziehen lassen, prüften den Glanz der Doppelwindung. Dann wurde geschrien: »Herunterkommen!«, der Feldwebel stellte sie in eine Reihe, Bajonett am Lauf, vor die Wand, und »einzeln« stellten sie sich zum Zielen vor die kleinen schwarzweißen Zielscheiben. Gefreite auf den Gerüsten leierten den Männern die Theorie der Richtkorrektur herunter. Ein Bajonett knallte einen weißen Karton an die Wand, und der Richtkanonier befahl, eine mobile Fliege zu verschieben. Ein Gefreiter hob und senkte vor einem Fenster eine Zielscheibe, auf die die Männer, falsche Patronen in der Waffe, nacheinander mit dem Webstuhlgeräusch der Repetiermechanismen zielten. Das ganze auf dem Glatteis zitternde und rutschende Glied schaute auf die Uhr. Handschuhe waren verboten. In Abständen stolperte einer, der den Fuß auf den Hof setzte, nachdem er die beiden letzten Stufen außerhalb der Stuben hinuntergegangen war, den Bajonetten entgegen.
Es wurde Antreten befohlen, richt euch, Augen geradeaus. Und man wartete auf die Ordonnanzen und auf alle jene, die, um der Theorie über das Schießen zu entgehen, sagten, sie seien nicht über die Abmarschzeit unterrichtet worden. Wieder Appell, dann schließlich rechtsum kehrt. Zwei Stunden zuvor waren die Richtkanoniere abmarschiert. Der Hornist ging voraus, das Instrument vorschriftsmäßig haltend. Beladen mit Gewehren, die von der Schulter rutschten, beeilten sich hinten zwei Schwächlinge mit keuchendem Atem unter dem enormen Gewicht der Patronenkiste.

Das Kasernentor, die Baumallee, die Stadt, das Vergnügen, ohne Tornister zu marschieren, der glitschige Schlamm, in dem die Ochsen waten, nach dem Eis des Kasernenhofs. Dann die halbsenkrechte Anhöhe, wo das stumpfe Pflaster aufhört, die Gäßchen links und rechts, die zu Klöstern und Pensionen führen und die ganz alte Namen haben; und ihre Namen verlieren sich zwischen den Bäumen. Der Atem rauscht sanft, und unwillkürlich geht Sengle schneller, um es hinter sich zu haben. Das flache Gelände, wo das Keuchen fortdauert, bis »ohne Tritt« erlaubt wird. Sengle kann sein Gewehr nicht ganz nach Vorschrift halten, sein Arm ist nicht lang genug, um den Riemenbügel am Gewehrkolben zu erreichen und drückt auf die Mitte des Koppels. Und er kann bis auf den Bürgersteig der Steinschüttung ausweichen, die die eisigen Füße schüttelt und die Schnürstiefel, die fast er für so verwüstlich hält wie einen Fahrradreifen.

Die Böschung mit den roten Hecken und dem blauen Moos, wo er die Grillen mit einem Messer verfolgte, um das Loch hinter ihnen zu verstopfen, wenn er frei hatte. Der Fluß, über den ein freier Schlittschuhläufer gleitet. Jenseits der Pappeln ein altes Kreuz, das er lange gesucht hat, wie im Traum, da er wußte, daß es da war, noch bevor er es entdeckte, ein Kreuz, an das anstelle des Christus das Zubehör seiner Passion genagelt ist, und ein hölzernes Ziborium, ähnlich einem Eierbecher, verbirgt sich neben dem Stamm wie Nachtvögel auf der Jagd. Das Jagdgewehr, das man unterm Arm hält, wie die Soldaten es erst tun, wenn eine Uniform tot ist, und das unfehlbar trifft, da frei angelegt. Dieses Geräusch von Waschschiffen, die Schule der Trommler »Papa, Mama« hinter den Hecken, wie man pißt. Die Brücke und die symmetrischen Gleise nach Paris und dem Meer hin.

Die Abfahrt auf den Felsen, die eine Straße sind, auf der das Fahrrad in den Radgabeln vibrierte, dazu die Angst vor einem den Weg versperrenden Karren unten, und die Straße wie ein Pfad zu den Dörfern und den Flüssen hin. Der Bauernhof mit der außergewöhnlichen Wetterfahne, ein Pfahl mitten durch

ein Herz gebohrt, und der chinesische Drachen, der sich nach seinem Schwanz umdreht. Die schuppige Linsenpfütze, aus der die Wasserblasen der verbrämten Schwimmkäfer und der großen pechfarbenen Kolbenwasserkäfer hochgluckern.
Ein Pfiff, das bedeutet: die Waffe auf die rechte Schulter, schneller gehen. Gewehr über. Das ist der Gruß für eine Kompanie, die zurückkehrt.
Das Tal voll fließenden Wassers und Tau, mit weißen, ausgezackten Eisstückchen und ein wenig Sonne am Rand. Der bewachte Niederwald auf den Hügeln, wo Sengle mit dem Frettchen jagte, wo er mit einem Stock eine lange, sich wiegende rote Natter verfolgt hat, die schwimmend entflohen ist. Der Graben des Baches ist riesig und kalt, die Militärkleidung lähmend, und er wird eine schmale Stelle suchen, um drüber zu springen. Bei diesen Lumpen macht es nichts aus, wenn man sich schmutzig macht. Man hat dicke Hände, die Waden sind weich, die Füße schwer, der Kopf verliert die Haare im Kepi, der Rücken wölbt sich in Erinnerung an den oder in Erwartung des Tornisters. Das auf den Boden gestellte Gewehr ist bis auf den Abzugsbügel voller Schmutz, der Regen tröpfelt in den Lauf mit den syphilitischen Flecken des Rostes in der Mündung. Es wird einen Waffenappell geben, sein Stiefelwichser wird beschäftigt sein.
Man springt von der Böschung ins Gras und in den einsinkenden Schlamm, und man pißt an die Hecke. Dann für jeden ein halbes Paket Patronen und nun wartet man in der Schlange, bis man an der Reihe ist. Unter Androhung einer Gefängnisstrafe förmliches Verbot anzulegen, man braucht nicht zu üben; man hat vorher genug gezielt. Wenigstens kein Unfall zu befürchten, denkt das Herdenvieh. Ferner muß man mit geschultertem Gewehr bis zu der Stelle gehen, von der aus geschossen wird, die Waffe absetzen und dann wieder die Stellung des Schützen vor der Zielscheibe einnehmen. Neben jedem Mann steht ein Gefreiter, um ihn mit seinen Ratschlägen zu beschäftigen und angeblich seinen Schuß zu berichtigen; vor allem eine vorschriftsmäßige Stellung zu verlangen, ihn entschlossen zu pak-

ken, wenn er nicht direkt auf die Scheibe zielt. Und kein Offizier geht vor den Gewehren vorbei, man schickt einfache Schützen los, um die Löcher der Querschläger oder der Kugeln zu kontrollieren. Dabei haben die Offiziere nichts zu befürchten, die Truppe ist aufs wunderbarste gezähmt, und »der Ungeschickte oder Verrückte« würde auch ohne Befehl von seinen Kameraden in Stücke gehauen werden.

IX

DIE MILITÄRISCHE VERDUMMUNG

Dieses Wort ist keine Beleidigung für die Armee.
»Die Disziplin, die die Hauptstärke der Armeen ist«, sagt die Theorie, verlangt von den Soldaten bedingungslosen Gehorsam und ständige Unterwerfung. Zunächst soll sie die Intelligenz beseitigen und dann an ihre Stelle eine kleine Anzahl tierischer Instinkte setzen, die sich ableiten vom Selbsterhaltungstrieb, einem Willen, der geringer entwickelt ist als der Wille des Führers.
Es gibt zwei Selbsterhaltungstriebe, den edlen und den gemeinen. Der edle Trieb ist der Trieb, sein Ich zu erhalten und seine Individualität vor den äußeren Kräften zu schützen. Intelligenzen können nicht bis zum Tod gegeneinander kämpfen, weil sie einander nicht richtig feindlich gesonnen sind, haben sie doch dies gemeinsam, daß sie Intelligenz sind. Aus anderem Grund fressen sich die Körper nicht gegenseitig auf, da sie fürchten, die andern durch Schläge zu lehren, wie man Wunden schlägt. Außerdem ist nicht ganz sicher, ob die Wahrnehmung »des andern« bei ihnen sehr ausgeprägt ist. Ein Bürger, ein Bauer, ein Soldat wird anerkennen, daß alle Körper den gleichen Instinkt haben, den Masseninstinkt, und wird sich über den empören, der es »den andern« nicht gleichtut. Die Körper (oder die Menge) sind das Diskontinuierliche. Die Körper sind im Raum getrennt und fühlen sich solidarisch. Denn das Diskontinuierliche würde untergehen, wenn es nicht dem Kontinuierlichen zustrebte. Das Kontinuierliche aber ist das Vollkommene, das Absolute, das Unendliche, weil diese Eigenschaften äquipollent sind; und so wenig, wie es keine zwei Unendliche geben kann, die sich begrenzen würden, kann es auch nur ein Kontinuierliches geben. Die Materie, die Körper oder die Menge, die das Diskontinuierliche sind, können die Stelle des Kontinuierlichen, das der Geist ist, nur einnehmen, nachdem sie ihn vernichtet haben. Diese Vernichtung wird durch bekannte Verfah-

ren erreicht sowie durch Maschinen mit mehr oder weniger genauem Räderwerk, je nachdem, ob der Selbsterhaltungstrieb mehr oder weniger stark ist.
Die Eremiten bezwangen ihr Fleisch durch körperliche Müdigkeit, durch Fasten und Gebet, Dinge, die ihren Geist zu Gott hinlenkten. Die Soldaten werden harter Arbeit, dem Kochgeschirr (das Wasser ist das gewöhnliche Getränk des Soldaten) und dem Wienern unterworfen. Außerhalb des Exerzierens sind die Beschäftigungen das, was Beschäftigungen sein sollen: sie können unendlich lange beschäftigen. Die Stiefel bohren, wenn man sich auf dem Absatz umdreht, Luftlöcher in den Schlamm des Manöverplatzes und müssen seltsamerweise eingefettet werden. Sie niemals wichsen, heißt es: die Schuhwichse verbrennt das Leder. Sie müssen aber schwarz sein. Was also tun? Das ist mir wurscht, würde ein Gefreiter sagen. Und sie sind tatsächlich schwarz. Nun ist aber das Innere der Hosenbeine mit weißem Tuch gefüttert, das makellos rein bleiben muß, trotz der Berührung mit Wichse und Stiefelfett. Man muß also immer die Stiefel schwärzen, die immer weiß werden, und unaufhörlich die Hosenbandstreifen weißen, die ständig schwarz verfleckt sind. Ferner ist es äußerst wichtig, daß die Kähne unter den Sohlen gewichst werden und auf Hochglanz sind.

Die wahre Stellung des Soldaten ist die kataleptische Starre, die Selbsthypnose durch die schwarze Linie des Gewehrs auf der Wand, vor der er die Waffen präsentiert. Ein intelligenter General *wäre* ein großer Zauberer, allerdings dürfte er dafür nicht durch eine strengere Askese zur Unterwerfung unter den Magnetismus gedrillt worden sein.

X

IM GLEICHSCHRITT

Zuerst marschierte man ganz schnell, in offener Gefechtsordnung, das Gewehr waagrecht, durch die große, ansteigende Wiese neben dem Manöverplatz, die gegen Ende, den Hecken zu, so hoch lag, daß es schien, als gäbe es nur grünen Himmel. Ein schlanker Glockenturm schwebte in Form eines fliegenden Sperbers in der Luft, reglos wie der Schatten seiner Beute. Die Stimme der Befehle war piepsig im schrägen Wind. Man gab Feuer frei.
»In zwölfhundert Meter – auf das Kreuz!« sagte der Gefreite.
Es gab am Ende seines Satzes sicherlich einen Querschläger, der entsprechend einer Flugbahn im Wind pfiff. Es wurden unscharfe Schüsse auf die große, makellos weiße Zielscheibe versucht, auf der auch ein schwarzes Kreuz war, so wie man zwei Linien zeichnet, um einen Hahn zu hypnotisieren. Und in der menschenleeren Wiese gab es das Geräusch einer, wie man träumt, stets beutelosen Jagd:

Wir schießen, schießen, schießen
Pfeile
Und vernich, und vernich,
Und vernichten den Feind,
Um das Va, um das Va,
Um das Vaterland zu retten!

Und dann marschierte man, die ganze Kompanie frontal, allzu flexibel, konvex und konkav, die Füße in Löchern, friedlich über Geländebuckel, zwischen dem Lauf der Gefreiten und des Feldwebels, vorn-hinten, ohne an etwas zu denken, was nicht unangenehm war. Sengle schlief völlig und ging für sich allein in der Wiese spazieren. Er sah die Insekten des Grases und die Zaunkönige der Hecken.

Plötzlich hieß es aufpassen. Nach der Pause, die aus dem Pissoir an den Böschungen und dem Speisesaal aus Brotbeuteln bestand, begann das Manöver, wobei der Oberleutnant neue Dinge erklärte. Oberleutnant Vensuet, unbedeutend im Gefieder des blonden Schnurrbarts, die Sporne schön mit rotem und schwarzem Flaum bestanden.

»Ich werde befehlen: KOLONNE GEGEN DIE KAVALLERIE. Die vier Abteilungen werden sich zu einem Karree aufstellen, wie man es Ihnen erklären wird. Doch beim Wort Kavallerie pflanzen Sie, ohne darauf zu warten, etwas anderes zu verstehen, das Bajonett auf, und ohne daß man es Ihnen sagen muß. Das ist die Theorie. Bilden Sie sich also bloß nicht ein, daß Sie im Krieg das Bajonett fällen werden, um möglichen Pferden die Bäuche aufzuschlitzen. Das gabs unter Friedrich II. Flaschenhälse auf einer Mauer, das hat vielleicht eine moralische Wirkung, um den Reitern Angst einzujagen und Ihnen den Mut zum Bleiben zu geben. Doch wenn Sie keine Patronen mehr haben, wenn Sie aus jeder Entfernung, von zweitausend bis hundert Meter, gefeuert haben, ist es praktischer, Gewehr und Bajonett einfach hinzuwerfen und sich zu verdrücken... Haben Sie verstanden, meine Herren Unteroffiziere? Fangen wir an: KOLONNE...«

Nachdem Sengle völlig eingeschlafen war, träumte er luzide. Am Nachmittag würde er ein Buch lesen, während sein Stiefelwichser wienern würde; er würde dem Gefreiten was zu trinken geben, würde um fünf Uhr ausgehen, einen Urlaubsschein über vierundzwanzig Stunden in der Tasche. Sein Koffer war gepackt, um sechs Uhr würde der Zug, Richtung Paris, wieder am Manöverplatz und an der Trommlerschule vorbeifahren. In Paris, wieder Zivilist geworden, würde er der Truppe die Militärklamotten zurückschicken, aus Angst, wegen Unterschlagung gerichtlich belangt zu werden, und er wäre in Brügge und hätte genügend Zeit, sich eine Wohnung zu suchen, noch bevor er nach dem Gesetz Deserteur geworden wäre. Und sein Vater würde sich bereiterklären, ihm monatlich Geld dorthin zu schicken. Und er genoß seinen letzten Diensttag, die Schönheit des Grases, den wohltönenden Staub und zum ersten Mal die Komik des Soldatenspielens... Nun kommt die letzte Pause vor dem dritten Teil der Übung.

Setzt die... wehre zusammen!

Sein Nachbar ist ebenfalls sehr lustig, er irrt sich ständig beim Gewehrezusammensetzen. Der Oberleutnant kommt:

»Gefreiter, lassen Sie während der ganzen Pause die Gewehre zusammensetzen und auseinandernehmen. Und nach dem Manöver wird die Kompanie im Laufschritt in die Kaserne zurückkehren. Und alle Urlaubsscheine meines Zugs für diese Woche werde ich eigenhändig zerreißen... Antreten!«

Noch eine halbe Stunde offene Gefechtsordnung, der Heimweg im Laufschritt, zwischen Viehherden und Samstagsrummel, wird durch Knien und Feuern unterbrochen.

Da Sengles Urlaubsschein wie der der andern zerrissen wurde, konnte er erst am übernächsten Tag um acht Uhr ausgehen und durfte nicht daran denken, vor dem Bahnhofsfeldwebel ohne Urlaubsschein den Zug zu besteigen; und in Zivil wäre er erkannt worden. Er schrieb und schlief vor allem den ganzen Tag vor dem Feuer, in der Stube mit den geschlossenen Fensterläden, unter Lampen, und sein Koffer blieb nicht länger gepackt, denn er hatte nicht den Mut, den nächsten Sonntag abzuwarten, und er brauchte die Freiheit oder auch nur die Ruhe, zu lesen und zu schlafen, ohne Uniform, schneller.

Buch II
DAS BUCH VON MEINEM BRUDER

Mein Geliebter ist fortgegangen und hat mein untröstliches Herz mitgenommen.

CHARLES CROS

I

ADELPHISMUS UND NOSTALGIE

Sengle war sich nicht ganz sicher, ob sein Bruder Valens je gelebt hatte. Er erinnerte sich zwar an eine gemeinsame Studentenorgie und an eine Rundfahrt am Tag vor der Musterung, in einer so warmen und so sonnigen Luft, daß sie flüssig war, in einer Perennität von Insekten- und Vogelschreien wie das Rauschen der gehörten Atome, und an die kleinen Explosionen der Panzer von Käfern, die von den Bäumen gefallen waren und die sie zum Zeitvertreib mit ihren Fahrradreifen zum Platzen brachten. Genauso stellte er sich die himmlische Sphärenharmonie vor. Dann erfuhr er, daß Valens Frankreich verlassen hatte und in Indien im Fieber dahinvegetierte, während zur selben Zeit Sengle im mobilen Zuchthaus der Militärschnecke eingesperrt war; dorthin einen Brief zu schicken dauerte sechzig Tage, und das Echo schlief einen viermonatigen Schlaf.

Daher wagte er es überhaupt nicht, Valens zu schreiben, und glaubte, er habe geträumt. Sengle besaß keinerlei Gedächtnis für Gesichter und konnte, selbst als er sich vorstellte, sie in der Luft nachzuzeichnen, die Züge seiner Mutter zwei Tage nach ihrem Tod nicht mehr rekonstruieren. Er erinnerte sich überhaupt nicht an das Gesicht seines Bruders Valens. Trotz drei oder vier Fotos, eines vom Zeitpunkt der Abreise. Die Augen verschwammen, und der stumme Mund war so ungeheuerlich wie das Ausstopfen eines Vogels.

Ich weiß nicht ob mein Bruder mich vergißt
Doch fühl ich mich allein, so unendlich allein
Ganz fern der liebe Kopf so trist
Bei dem Versuch täuschender Erinnerungspein

Sein Bild steht vor mir auf dem Tisch
Ich weiß nicht war er häßlich oder schön.
Leer ist das Duplikat und nichtig wie ein Wisch.
Verloren hab ich seine Stimme, der ich noch immer frön,

Da sie gerecht und nur absichtlich falsch erscheint
Vielleicht weiß er es nicht, posthumer Schatz.
Wird außerhalb des Briefes sie geeint.
Ganz plötzlich, als ich die Feder kratz'.

Er fand einen Blick wieder, dem er weniger auswich, und einen Mund, wo statt der Worte ein wenig Atem lebte in einem älteren Bild Valens', fünf Jahre zuvor, ein Kind fast noch, im Matrosenanzug, im Grünen. Und dann sah er, daß er sich vielleicht geirrt hatte und sein eigenes Bild betrachtete, siebeneinhalb Jahre vorher, und vor einem Spiegel, der möglicherweise sein Gesicht ohne zu altern bewahrte, hatte er diese Verse gemurmelt.

Sengle entdeckte die wahre metaphysische Ursache für das Glück zu lieben: nicht die Kommunion zweier Wesen, die eins geworden sind, wie die beiden Hälften des menschlichen Herzens, das beim Fötus einzeln doppelt ist; sondern der Genuß des Anachronismus und mit seiner eigenen Vergangenheit zu plaudern (Valens liebte sicherlich seine eigene Zukunft, und vielleicht liebte er deshalb mit zögernder Heftigkeit, da er sie noch nicht gelebt hatte und sie nicht ganz verstehen konnte). Es ist wunderbar, zwei verschiedene Augenblicke der Zeit in einem einzigen zu erleben; das genügt, um authentisch einen Augenblick Ewigkeit zu erleben, das heißt die ganze Ewigkeit, da sie keinen Augenblick hat. Das ist ebenso ungeheuer wie das wahrscheinliche Zusammenzucken Shakespeares, als er in ein bestimmtes Museum in Stratfort-on-Avon zurückkehrte, wo man noch »seinen Schädel im Alter von fünf Jahren« zeigt. Es ist das Frohlocken von Gottvater eins und zwei in seinem Sohn, und die Wahrnehmung, die der erste Begriff von seinem Verhältnis zum zweiten hat, konnte nichts weniger als den Heiligen Geist hervorbringen. Die Gegenwart, die im Herzen eines anderen ihre Vergangenheit besitzt, erlebt gleichzeitig Sich und Sich plus etwas. Wenn ein Augenblick Vergangenheit oder ein Augenblick Gegenwart allein in einem Punkt der Zeit lebten, würden sie nicht dieses Plus etwas wahrnehmen, das ganz schlicht und einfach der Akt dieses Wahrnehmens ist. Dieser Akt ist für das denkende Wesen der höchste bekannte Genuß, es gibt einen Unterschied zwischen ihm und dem Geschlechtsakt beschränkter Geister wie Sie und ich.

»Nicht ich«, berichtigte Sengle.

Das Wort Adelphismus wäre richtiger und von weniger medizinischem Anstrich als Uranismus, trotz seiner genauen Sternenetymologie. Sengle, nicht sinnlich, war nur der Freundschaft fähig. Doch um sich in seinem Vorgänger Doppel wiederzufinden, war es notwendig, daß er, wie eine Seele, einen ziemlich schönen Körper erkannte, um ihn so zu beurteilen wie den seinen.

Und Sengle, verliebt in die Erinnerung an Sich, brauchte einen lebendigen, sichtbaren Freund, weil er keinerlei Erinnerung an Sich hatte, da ohne jegliches Gedächtnis.

Er hatte versucht, in sich diese Erinnerung an Sich zu verwirklichen, indem er seinen schwachen Schnurrbart abrasierte und seinem Körper eine sorgfältige griechische Enthaarung gestattete; doch er merkte, daß er Gefahr lief, wie ein Schwuler auszusehen und nicht wie ein kleiner Junge. Vor allem aber war es ganz notwendig, daß er das blieb, was Valens werden sollte, bis zu jenem unglücklichen Tag, an dem, da der Unterschied von zweieinhalb Jahren nicht mehr sichtbar war, sie sich zwillingshaft miteinander verschmelzen würden.

Vor Valens hatte er, in Ermangelung eines besseren, mehrere Freundschaften, die sich verliefen und von denen er später erkannte, daß er sie ertragen hatte, weil ihre Gesichtszüge Annäherungen an Valens waren, und um die Seelen zu sehen, dazu bedarf es einer sehr langen Zeit. Die eine dauerte zwei Jahre, bis er merkte, daß sie den Körper eines Reitknechts und

Fächerfüße hatte, und keine andere Literatur als eine abgeschmackte Variante von Sengles eigener; die Monate später mit zusammengeflickten Erinnerungen im Gehirn des Ex-Freundes Volten schlug. Er, ein leidenschaftlicher Fechter, fand es auch schlecht, daß man Angst vor Degenspitzen hatte und nicht genug Radfahren konnte, um die Geschwindigkeit zu genießen. Diese Leute, die, weil sie sich für Dichter hielten, auf der Straße langsam machten und die »Aussicht« genossen, brachten Sengle auf die Palme. Man muß wirklich sehr wenig Vertrauen in den unbewußten und kreativen Teil seines Geistes haben, um ihm zu erklären, was schön ist. Und es ist dumm, sich *schriftliche* Notizen zu machen.

Wenn der Mensch genial genug gewesen ist (so wie man erfährt, daß die geometrischen Figuren, sobald ihre Außenlinien verlängert werden, andere Figuren mit ähnlichen Eigenschaften und größeren Dimensionen konstruieren), um festzustellen, daß seine Muskeln durch Druck und nicht durch Zug ein außerhalb seiner befindliches und vorzugsweise lokomotorisches Gerippe in Bewegung setzen konnten, weil es nicht der Evolution von Jahrhunderten bedarf, um sich je nach der Richtung der am meisten gebrauchten Kraft zu verändern, eine Verlängerung seines, weil aus der Geometrie entstanden, fast unendlich vervollkommnungsfähigen Knochensystems, mußte er sich dieser Getriebemaschine bedienen, um in einer schnellen Entwässerung in kürzestmöglicher Zeit längs der Straßen und Pisten die Formen und Farben einzufangen; denn zerrieben und verrührt dem Geist die Nahrung zu servieren macht die Arbeit der destruktiven Burgverliese des Gedächtnisses überflüssig, und der Geist kann nach dieser Assimilation um so leichter neue Formen und Farben nach seiner Art erschaffen. Wir können nicht aus dem Nichts erschaffen, doch wir könnten es aus dem Chaos. Und es schien Sengle einleuchtend, obgleich er viel zu faul war, um ihn sich je in Aktion anzusehen, daß der Cinematograph dem Stereoskop vorzuziehen ist...

Vielleicht erinnerte er sich dieser Erkenntnis zufolge überhaupt nicht mehr an das Gesicht Valens.

Welchen Punkt er auch immer erforschte, er sah nirgends bei Valens diesen kontinuierlichen Parallelismus von zweieinhalb Jahren Abstand fallen; selbst das alte Wappenbuch, in der Bibliothek durchgeblättert, das mit wenigen Seiten Abstand, da ihre Buchstaben im Alphabet benachbart waren, ihre Wappen in Dur und Moll übereinanderlegte:

Sengle (1086). –

Auf das schwarze Feld des Wappenschilds haben die Lilien ihre Kreuze aus Silber gesät,
blühende Schluchzer auf der Trauer des Mantels der Könige.
Das ausgezackte Gold des Löwen stickt das Entsetzen darauf.

Valens (1301). –

Sitzend hebt mit seiner Treu der goldene Löwe,
Sein rosa Halsband die Bedrängnis stoppt, die Tatze
    Pflückt vom blauen Himmel eine der drei
    Goldenen Blumen die der Könige Zeichen sind.

Im Augenblick vermißte Sengle vor allem die Vergangenheit, als er frei war… jeden Tag sein Bad zu nehmen, anständige Kleider zu tragen, nicht zweimal täglich ins Manöver geführt zu werden und heimzukommen, ohne vor Zifferblättern zu zittern.

II

FALLEN

Die Männer sind im Drillichzeug, die Jacke in die Hose gesteckt, einen Gürtel drüber, Stöcke auf der rechten Schulter, und laufen zur neuen Kaserne. Sengle ist vergnügt, daß er der Übung mit der Waffe entgeht, er wird glauben, sich wieder in der Turnhalle des Gymnasiums zu befinden, die einmal im Jahr zur Preisverleihungsaula hergerichtet wurde, wobei Lilienbanner das Reck aus polierter Esche mit dem Stahlkern, die gegeneinander klirrenden Ringe, das Trapez mit den Kupferenden und das Sägemehl verhüllten, in dem man nach dem Sprung versank, außerhalb des Fußbodens, der vom Staub des Boxens rauchte.
Man führte ihn mit seiner halben Korporalschaft auf eine der Seiten der Barren, zwischen denen ein sich anlehnender Unteroffizier über den Fall und die Verkrüppelungen, die nicht allzu unangnehm sind, weil es sich hinterher im Lazarett wohl sein läßt, einige Vorbemerkungen machte. Der Feldwebel unterbrach, und die Sitzung begann. Nach dem Barren, wo Sengle sich wie an der Sprossenleiter und am Reck wohlfühlte, kam man zu einem runden, waagrechten Balken zwei Meter überm Boden; von einer Treppenleiter aus mußte man ihn besteigen und darüber laufen. Sengles Stiefelwichser und alle andern kleinen Bauern liefen wie auf Baumästen darüber hinweg, und man war verwundert, daß Sengle dort oben seine Füße betrachtete, in den Beinen zitterte und, noch bevor er zwei Schritte getan, angewidert von der Übung, heruntersprang. Der Gefreite machte noch keine Witze, trotz eines Satzes von Sengle, den er nicht verstand:
»Unterlegenheit bei militärischen Übungen bedeutet Überlegenheit, denn man muß Gehirn und Nerven haben, um vor Abscheu zu zittern.«
Übrigens wechselte man auf einen Pfiff des Feldwebels hin die Apparate und ging zum Turngerüst hinüber, um an den Trape-

zen und Ringen einige Bewegungen zu machen. Sengle stellte fest, daß die kräftigen Bewegungen, die er machen konnte, von den Gefreiten nicht befohlen wurden, da sie sie nicht kannten oder nicht konnten; und er erfuhr später, daß sie in der Ausbildungstheorie nicht vorgesehen waren.
Dann kletterte man an den Turngeräten hinauf. Oben am glatten Seil vernahm Sengle ganz deutlich die Stimme des Gefreiten, der einem Mann zutuschelte:
»Was er wohl tun wird, wenn er den Befehl bekommt, stehend auf das Turngerüst zu springen, da er vorhin am runden Balken schon Angst gehabt hat?«
Er täuschte einen Schwächeanfall vor, entspannte die Arme und purzelte von seinem Seil. Einige Soldaten waren schon rittlings auf dem hohen Balken.
Die Korporalschaften des zweiten Zuges verzogen die Glieder an den vorhergehenden Apparaten.
Der Feldwebel pfiff Antreten, und die vier Korporalschaften des ersten Zuges standen am Fuß des Turngerüsts. Sengle, der wußte, daß es nicht möglich war, daß er hinaufkommen könne, ohne *Lust zu haben,* von der schmalen Holzplanke auf den gestampften Boden zu springen, hatte Vertrauen, daß er nicht hinaufkäme. Ein Unteroffizier lief mit gekreuzten Armen drüber, dann Gefreite und mehrere Soldaten, ganz schwarz sich vom Himmel abzeichnend. Später erfuhr er ihre Eindrücke. Der Balken, fünf Meter überm Boden, ist fünf Meter lang und nicht breit genug, um anders darauf zu gehen als einen Fuß vor den andern setzend. Die Männer der ersten Abteilung, erste Korporalschaft, gingen drüber; dann die von Sengles Korporalschaft…
In der Ferne, im Hof, gab es einen Schrei, Lärm, eine Menge, der Feldwebel lief hin… Einer der kleinen Kletterbauern, der im Laufschritt über den kleinen, runden Balken lief, war auf einen der beiden umgedrehten T-Träger gefallen, die die beiden äußeren Enden des Mastes im rechten Winkel hielten. Sein Fuß schwoll an, man sprach von einem gebrochenen Bein, man lief zu abwesenden Stabsärzten. Sengle hütete sich, da er kei-

nen Befehl erhalten hatte, die Leiter des Turngerüsts hinaufzuklettern; und auf die Hilfe der Außenwelt vertrauend, für ihn weniger Außenwelt als das Militärdings, denn das Militärdings gehorchte ihm nicht *direkt*, nahm er, einen Fuß auf den unteren Stufen, die Haltung von jemandem ein, der große Lust hat hinaufzuklettern, als guter Soldat aber auf Befehle wartet. Und der Feldwebel pfiff zur Pause.
Der Feldwebel pfiff zur Pause, doch es gab noch EINE VIERTELSTUNDE Leibesübungen.
Die Pause war lang, wegen des Verletzten und der Reden der Offiziere. Und danach *fiel Regen und Hagel* und man flüchtete sich in die Schuppen auf dem Kasernenhof.

Sengle sagte zum Hauptmann, der mit ihm sprach:
»Ich wäre sowieso nicht über das Turngerüst gegangen, weil ich mich geweigert hätte; und Sie hätten mir das Strafgesetzbuch zu lesen gegeben; doch andere nach mir hätten sich ebenfalls geweigert.«
Am nächsten Tag hieß es beim Rapport:
»In Anbetracht der Tatsache, daß der Regen vom Vortag die Geräte glitschig gemacht hat und der Regen Stürze befürchten läßt, ist es jedem Soldaten bei Gefängnisstrafe bis auf weiteres verboten, über das Turngerüst zu gehen.«
»Das ist alles ganz schön«, sagte Sengle, »als Unterordnung unter äußere Umstände; doch man müßte sicher sein, daß das die ganze Zeit über dauert.«
Und am darauffolgenden Dienstag, dem Turnhallentag, ließ er sich krankschreiben, und man lief über das Turngerüst, weil schönes Wetter war und man ging zu den Rennbahnen, ohne anderen Zwischenfall übrigens als die Geschichte eines Mannes mit einem doppelten Bruch, der dem Feldwebel gegenüber behauptet, er traue sich nicht, in den drei Meter fünfzig tiefen Graben zu springen, und den man zwang, zu springen, wieder heraufzukommen und während der Pause noch einmal zu springen.

Sengle hatte immer weniger Zeit zu desertieren, weil es am Freitag, vor dem Sonntagsausgang, noch einmal Sport gab und er keinen Urlaub bekäme, da er sich hatte krankschreiben lassen. Und so versuchte er was anderes.

III

DIE KRÜPPELBANDE

Sengle war in die Sprechstunde des Stabsarztes mit dieser Naivität gegangen: weil er sich endgültig unfähig fühlte, *gewissen* dienstlichen Befehlen zu gehorchen, könne er sich Hoffnungen machen, daß man ihn langsam ungeeignet dafür halten würde. Dies umso mehr, als seine Lungen, schlecht erholt von der Grippe, die er durch die doppelte, nämlich sexuelle und muskuläre Strapaze der letzten freien Tage ausreichend verschlimmert zu haben glaubte, im Augenblick wirklich krank waren. Und er vermutete, daß diese legale Befreiung die vollständigste Freilassung wäre, der Fahnenflucht mit der Eisenbahn bei weitem vorzuziehen.
Er vergaß seine Geringschätzung der Ärzte, selbst der zivilen, obgleich er atavistische Erfahrungen mit ihnen hatte: sein Onkel, ein Kind noch, gebrochener Arm bei einem Sturz vom Pferd, der Arzt (ein berühmter Doktor), der am dritten Tag den Verband des Bruchs zur Begutachtung seines Werks aufmachte, Wundbrand bis zur Schulter, die er ausrenken mußte, darauf vom Vater des Gefolterten aus dem Fenster gestürzt. Seine Mutter, beeinflußt von der unheilverkündenden Diagnose, die der bekannte Esel, der Monsieur Deibler ist, in ihrer Gegenwart gestellt hatte, starb termingerecht nach Anweisung des Idioten an einer harmlosen Krankheit. Diese Wissenschaft, die in jedem Fall nicht in der Lage ist, unterschiedliche und verschiedenartige Menschen zu behandeln, wenn eine Wissenschaft nur aus gleichartigen Einheiten, mathematischen Punkten oder Punktsystemen bestehen kann; und nicht anwendbar auf die intelligenten, deren innere Körperstruktur, wie bei den Geistern, wahrscheinlich anders ist und die das Herz rechts sitzen haben, falls es nicht an einem ihrer Ohrläppchen hängt; wenn sie es links tragen, ist es nur aus reiner Bescheidenheit.
...Stabsarzt Busnagoz, genau wie Sengles Rhetoriklehrer blond und jovial, nicht dumm genug, um nicht »mit zweierlei Maß zu

messen«, doch nur, um keinen allzu trottligen Eindruck zu machen; er brummte den todkranken Dummköpfen, die sich in seine Sprechstunde wagten, vier Tage auf, während er nach altem Brauch die aus Paris Gekommenen in die Stadt ließ. Er konnte einfach nicht glauben, daß ein Pariser krank sei und behandelte sie wie ein Vater als sympathische blöde Schützen. Der erste Mann zeigte ihm seine rechte Hand, aus der die Reglosigkeit eines vertrockneten Mittelfingers hochstand. Busnagoz sagte ganz schnell:

»Haben Sie das bei der Musterung reklamiert? Gut. Soll er abgeschnitten werden? Na schön, dann behalten Sie ihn und machen Sie Ihren Dienst.«

Der Zweite:

»Herr Oberstabsarzt, ich heiße Boudaire, Sie wissen doch; mein eines Bein ist sieben Zentimeter kürzer als mein anderes...«

»Ich weiß«, sagte Busnagoz. »Willst du mir vielleicht jeden Morgen damit auf den Wecker gehen? Geben Sie ihm ein Brechmittel.« Zu Sengle war er reizend, doch er murmelte:

»Erzählen Sie schon Ihr Märchen... Mein Freund, ich habe hier im Regiment einen Soldaten, der nicht die erforderliche Größe hat; einen Buckligen, den Sie am Ende der Kompanie sehen können, wie er seinen Tornister auf dem Buckel schleppt; diesen Hinkenden, auf den ich leider nicht hören darf, weil die Musterungsbehörde ihn für tauglich erklärt hat; einen andern, der auf dem rechten Auge blind ist, und zu dem ich nur sage, er solle links anlegen; einen Taubstummen, einen Schwachsinnigen..., die alle ihren Dienst versehen. Wie soll ich Sie also freilassen? Ich werde einen Vorwand finden, damit Sie Tagesurlaub bekommen; gehen Sie in die Stadt und kommen Sie wieder zu mir – nicht sofort! – wenn Sie sich allzu erschöpft fühlen...«

Sengle fand sich im Viertel der Bettler und Diebe* wieder: der Schwachsinnige, der Taubstumme, der Einäugige, der Lahme, der Hinkende, der Bucklige und der Zwerg, Karyatiden mit

*Im Original »cour des Miracles«: früher Viertel der Bettler und Diebe in Paris.

ihren Tornistern voll der ganzen Armee krümmten sich unter den Qualen des Fechtens mit dem Bajonett im Strafzug. Der Zug der Unteroffizierschüler vor ihnen, abstoßender als das Gegenüber, spuckte Befehlsimitationen und seine Intelligenzreste von Ackergäulen aus den wasserköpfigen Mäulern auf die verstümmelten Glieder, die mit anorthopädischen Gurten verbunden waren.
Es war Sengle völlig gleichgültig, ob das Volk in der Armee draufging und ob die Larven, die ihm als Seelen dienten, aus dem Leib der teuflischen Sklaven in den der Säue fuhren; doch wie der greise Barbier unter den neun zur Enthauptung verurteilten Dieben wollte er weder in die Amputation der Gehirne noch in die Verhäßlichung der Körper einbezogen werden.
CONSUL ROMANUS! schwärmte Quincey; Gehirne, purpurrot und purpurgestreift! Valens bleibt schön wie das Stehende der kaiserlichen Toga; seine Locken rollen ihre Spiralfedern wie nächtliche Schlangen auf; und sein Gesicht, nachdem das Kepi wieder in den Schlamm geworfen, leuchtet vom blassen Gold einer elektrischen Sonne oder eines runden Blitzes.
Sengle und Valens kämpften mit flacher Hand, wie man eine Statue von Antinous tätschelt; und weil Sengle den Zusammenstoß mit dem Schatten eines Helden ausgehalten hatte, bereitete er sich dunkel auf den Zusammenbruch der Räuber vor, wobei er die Locke von Valens' Haaren als ausreichenden Hebel unter die Felsen ihrer Höhle schob.

IV

DAS KUGELLOCH

Und nun beginnt einer mit der wilden Flucht: Boudaire hat eines seiner Patronenpakete aufgerissen und, den kurzen Fuß unbeschuht, den klassischen Soldatenselbstmord wieder aufleben lassen. Frohlockend geht Sengle gucken.
Einer seiner Kameraden aus der Korporalschaft, Nosocome, Medizinstudent, trägt den Verletzten; Busnagoz hält hochtrabende Reden:
»Nichts zu machen. Unmöglich, die Kugel rauszuholen. Der Unterleib ist durchbohrt. Ein Stück von der Leber kommt raus. Halt krepieren lassen.«
Nosocome, der mehr Diplome hat als Busnagoz, wurde mit einem Bericht beauftragt:
»Die von uns vorgenommene Autopsie bestätigt die Diagnose des Herrn Unterstabsarztes Busnagoz, mit folgenden Unterschieden: Die Kugel ist nicht in der Wunde steckengeblieben, sondern ist in einen Balken im Hintergrund eingedrungen, den sie nicht sehr tief durchbohrt hat und daher deutlich sichtbar ist.
Die Kugel ist nicht in den Unterleib eingedrungen, sondern oberhalb des Zwerchfells, in Höhe des sechsten linken Zwischenrippenraums, und hat beim Austritt das rechte Schulterblatt perforiert. Sie hat nicht das Herz und nicht einmal den Herzbeutel verletzt, da sie einfach die Spitze umging und die rechte Lunge durchquerte.
Das Stück aus der Wunde tretenden rotbraunen Organs ist keine Leber (die sich, wie man weiß, nicht über dem Zwerchfell befindet), sondern hepatisiertes Lungengewebe.
Die Verwundung war nicht sehr schlimm und der Kranke konnte sich nach einem schlichten Verband wieder erholen.

NOSOCOME
Krankenhausassistenzarzt, z. Zt.
Schütze im 40. Linienregiment.«

V

UNTER DEM GEIFER

»Unteroffizier, warum lassen Sie Ihre Männer im Drillichzeug? Den Mantel, hat der Hauptmann gesagt.«
»Aber, Herr Feldwebel, die andern Kompanien...«
»Ist mir wurscht! Sie sind nicht Unteroffizier der andern Kompanien, verstanden? Lassen Sie sie die Mäntel anziehen.«
»Umso besser«, sagte Nosocome, »wir brauchen uns nicht herauszuputzen.«
»So was Dummes«, sagte Sengle zu Nosocome, »sich sechsunddreißig Mal auszuziehen, bei dieser Kälte der Türen.«
»Ja, du hast Glück, daß du nicht kommst und krank bist.«
Der Appell.
»Fehlt niemand?« sagt Papille.
»Herr Feldwebel, Sengle fehlt, krank.«
»Sagen Sie ihm, er soll runterkommen.«
»Er ist vom Dienst freigestellt.«
»Das Bad ist kein Dienst. Er soll sich anziehen und kommen.«

Man wartete genau eine Stunde auf dem Glatteis des Kasernenhofes vor dem Krankenrevier, wo Duschen waren, bis die andern Kompanien fertig waren; und um die Verzögerung auszunützen, sagte der Feldwebel, sie sollten sich schon mal ausziehen, mindestens bis aufs Hemd.
Dann bekam man Wasser auf den Kopf, die Füße standen in den schleimigen Bottichen mit dem Bodensatz der vorausgegangenen, schlecht und selten gewaschenen Badenden, die Gefreiten vor allem, in Anbetracht ihres Ranges.

Sengle hatte, als er im Hof zitterte, die Kranken hinter Fenstern gesehen, wo sie Dame und Karten spielten und wirre Bücher lasen, unvollständige Romane oder Approbationen des Erzbischofs von Tours. Der eine kam auf die Tür und erzählte, daß er seit seiner Ankunft beim Armeekorps fast ununterbrochen hier sei, ständig mit Tripper, ständig, wie üblich, nach jeder Eindämmung mit dreißig Tagen Bau bestraft, da er das einsame Krankenrevier der dummen Stadt vorzog und zurückkam, um von der *Strenge* des Stabsarztes die Kauterisation zu erbitten. Von seinem Fenster aus freute er sich jeden Samstag über die Kompanien, die im Schnee vorbeimarschierten.

Geschwärzt vom schmutzigen Wasser und gerötet vom eisigen Wind ging Sengle wieder hinunter zur Corneille-Kaserne und nutzte die Gelegenheit, daß man ihn, obgleich krank, zu einer befohlenen Übung herausgeholt hatte, um noch einmal, obgleich wie jeder Kranke mit Ausgangssperre belegt, auszugehen und sich zuerst einmal in irgendeiner Badewanne in der Stadt zu reinigen.

VI

CONSUL ROMANUS

Da Sengles Gefängnisbett von der Strömung des Grabens fortgeschwemmt und von dem kleinen Bogen der Feldbrücke verschlungen worden war, ging er mit Valens über die goldene Landstraße.

Sie entrollte sich lange auf der Garnwinde der nahen Mühle; dann verbrannten die Ginsterbüsche, grüner Kohle ähnlich, wo weit geöffnete Muscheln kochten, und da waren der Rauch und die dunklen Gebäude der Silbergrube.

Man hatte nur noch die Erinnerung an das, was gelb war: die Blumen und die Sonne hatten wahrscheinlich wie die Zoophyten, die man berührt, das Leben mit in die Höhlen der Erde genommen.

Sie gingen hinunter, wie man eine Leiter hinunterpurzelt und wie ein Wasserfall zweifüßig wird und geht wie ein Mensch, um über die Steine hinwegzusteigen; und es waren die unterirdischen Thermen, Süßwasser so nahe am Meer, daß es auf dem Grund stachelig war von den Krabben und Insekten der Tümpel. Und sie badeten.

Das Schwimmbad, ausgehoben vom Vorsteher des kleinen Marktfleckens, erinnerte an einen runden Weihwasserkessel aus Granit oder an eine Seemuschel, weil es auf einem Ufer parasitäre Binsenfühler ausstreckte; oder an einen bedeckten Teich, der unter einer Kirche als Grabmal dient.

Valens schwamm, dann stand er mitten in dem nicht tiefen Wasser, bartlos und golden, wie eine Statuette, mit Haaren ähnlich einem Loch über dem warmen Rauch, der das Erz zu imitieren versuchte. Wenn man den schwarzen Diamanten behobeln könnte, hätte er sich Hobelspäne auf den Kopf gesetzt.

Und wie man am Schluß der Festmahle ein Silberskelett bringt, verbeugte er sich, und zwischen seinen gespannten Muskeln lächelte sein Rücken mit neun zarten Wirbeln. Seine raubtierhafte Goldbrust schnalzte sachte das Leitungswasser, und seine Hüften sahen sich von den Seiten brauner an, wie die eines Fauns, der kein Mittelding zwischen Mensch und Tier ist, sondern ein athletischer Ephebe, würdig des Metalls. Dann spreizten sich zwei schmale Füße, divergierende Flucht zweier Perlmuttfische, und Sengle sah das Wasser durch die Fingernägel hindurch.

Der ekklesiastische Totengräber und Wassergeist der wohltuenden Zisterne tauchte mit ihnen. Und er tauchte sehr lange, als habe er sein Werk noch länger fliehen wollen. Das alte Kind schnaubte in der Tiefe des Wassers, um Blasen zu machen. Sein Mund atmete die Luft nach verschiedenen Gebärden aus, er sprach in Richtung Schlamm, die Worte stiegen schwankend nach oben, wie die nördlichen Wörter aus Azur und Maul, die Pantagruel auftaute. Er schnaubte die abstrakten Wörter aus den Kontraktionen seiner bretonischen Wangen:

»Gälherez«, gähnte er und es stiegen keine Blasen hoch, sondern kleine Falten wurden eingegrenzt. »Streffiadur… huanad… halan.«

Er nieste, seufzte und atmete, während er unter dem Wasser spielte. Sengle und Valens hatten sich wieder angezogen und am Rande der Zisterne sitzend, die Hände über den Knien verschränkt und mit den Füßen die Binsen bewegend, folgten sie der wiegenden Flucht mit dem Anhaltspunkt der sichtbaren Wörter.

»Dominus vobiscum…« brachte eine dicke Blase herauf, die fröhlich vor den Kindern zerplatzte.

Und der Ekklesiastiker erschien wieder angekleidet am andern Ende der Zisterne, hinter Felsen, setzte seinen schwarzen Hut auf und verschwand, zwischen dem Weihrauch des Dunstes dahingleitend, wie der Silberschwan der Grube, bis zur Verbrennung verdunkelt von den schwefligen Dämpfen.

VII

DER HAHNENSCHREI

Soldat, steh auf.
Soldat, steh auf.
Ganz schnell.
Willst du nicht aufstehen,
Laß dich krank schreiben...
Soldat, steh auf...

Das Schlußsignal der Trompete verscheuchte Sengle aus der Zisterne der Lethe. Weiß man, ob die Toten ihre Zeit – oder *die* Zeit – nicht damit zubringen, sich zu erinnern und dabei in der organischen Auflösung zurückschreiten bis zu ihrer ursprünglichen Steinseele; und ob es ihnen nicht sehr unangenehm ist, aufgeweckt zu werden (da das nächtliche Vergessen vor allem *ein anderes* Erinnern ist), wenn der Tag der Ewigkeit beginnt? Vor allem, wenn er von ihnen die verschiedenen Frondienste der Hölle verlangt.
Die Erinnerung an Valens blieb in den Thermen der Grube zurück. Wenn der Mensch, der durch eine Kontinuitätslösung von seiner Vergangenheit getrennt ist, sich umdrehen würde, vom rollenden Eisen eines Zuges der Länge nach zweigeteilt, wäre man entsetzt über die große rote Wunde. Es ist besser, wenn er auf dem Rücken liegen bleibt: so macht sein Tod wenigstens aus dem Schnee ein Purpurtuch; und er kann nackt sterben, frei von den Livreen des Tages.

Willst du nicht aufstehen...

Doch Sengle lag überhaupt nicht, da er gerade von Wache kam und in der Wachstube saß. Es ist zwei Uhr.
Er muß aufstehen, zumindest von seinem Stuhl. Es gibt *Alarm* und Nachtübung. Man befiehlt ihm, die Unteroffiziere aufzuwecken und die Ordonnanzen wegzuschicken, um an den Türen der Offiziere zu klingeln.

Er läuft von Stube zu Stube, Sturmriemen unterm Kinn, überladen mit Patronentaschen und Gurten, übertrieben militärisch: »Unteroffizier Sowieso, aufstehen!«, und er rempelt sie an, meistert ihr Gepurzel durch die brummenden Stuben, dem Hof zu.

Eine tönende, glänzende Masse, außerordentlich mürrisch und stachelig, mit singender, abgehackter Stimme, zog ihre Ochsenhufe und die Glöckchen um den Hals nach; man hätte meinen können ein Wisent, eine Pfanne am Schwanz hinter sich herscheppern lassend, majestätisch.
Und alles lief zur Stadt hinunter, zog durch die Tore, wie durch den städtischen Zoll.
Das ganze Regiment war abgerückt: es war die dekorativste Entkleidung.

Buch III
DER ZYANOTRAUM

Und wenn sie ein tödliches Gift
trinken,
werden sie davon nicht krank
werden.

EVANGELIUM.

I

OH GERECHTER, FEINSINNIGER

Sengle hatte einmal einen Freund im Krankenhaus besucht. Es waren Wellen weißer Dünen – und das gleiche, wenn man, durch das dicke Ende eines Opernglases, ein Glasgefäß voll wasserabstoßender Watte auf einem in der Mitte stehenden Tisch betrachten würde. Die weißen Figuren wurden nicht von diesem Weiß bestimmt, und die einzige lebendige Farbe war die Büste des Gründers aus grüner Bronze.
Knie, die sich umdrehten, belebten das Meer.
Und es schien, als sei der Keller mit weißen Champignons seit langem schon der Stille der kleinen Zettel an ihren Schnüren überlassen.
Man verstand, daß die Kranken sehr schmutzig waren, nur mit ihrem Schweiß gewaschen, doch das Jodoform fraß, wie der Mond die Wolken, die schlechten Gerüche auf.
Es war der Saal der Amputierten. Es ist ungewöhnlich, wie sehr jeder Kranke einem Amputierten gleicht, das ganze Blut weicht aus dem Gesicht und fließt in die Beine, die wirklichen oder virtuellen, unter der Decke, die für ihn Verband sind, für die andern etwas verbergen.
Und dann war es EIN UHR. Um diese Zeit erwachen die Operierten vom Morgen aus dem Chloroform, und es war ein grollender, anschwellender Schrei, eine entsetzliche Dampfbootsirene.
Sengle lief weg zwischen den Schaumhaufen, dem Kielwasser der Tollwütigen, die ihn baten, sie zu töten. Doch es waren keine Amputierten, die Sindbad in dem Meeresversteck mit dem Knochen ihrer eigenen Glieder totschlug.

Das Militärlazarett ist das lustigste von allen Militärgebäuden, weil es darin sehr wenige Uniformen gibt.
Die Krankenpfleger sind Zivilisten – wenn das Hospiz gemischt

ist –, und die Stabsärzte besitzen das Zartgefühl – manche –, sich wie Ärzte zu verhalten.
Die Schwestern und die Ärzte leben in Schwarz, mit etwas Weiß, und die Kranken vegetieren in Grau dahin.
Das Lazarett erschloß sich Sengle ganz voll von dem Apfelschimmel herab, den man im Weihrauch einer Opiumhöhle reitet.

Und der Sanitätsgefreite machte vor dem Eingangsschalter kehrt und nahm die ganze Armee mit zurück.

II

PYTHAGORAS

Sengle zog seine Lazarettuniform aus, die nur die Uniform eines gelb betreßten Soldaten war, und trocknete die Lächerlichkeit seiner blutigen Farben unter dem grauen Sandarak ab. Und niemand schenkte ihm mehr Beachtung als irgendeinem anderen Neuankömmling, bis er zu Bett ging.
Der Zivilkrankenpfleger gab ihm ein Thermometer, ein schönes Lazaretthermometer, ein Maximathermometer aus einer sehr dicken Röhre mit einer sehr schmalen Quecksilberkapsel, aus der das Quecksilber nach dem Messen nicht absinken konnte. Und Sengle erinnerte sich an einen Versuch Nosocomes. Auf dem Rücken liegend, steckte er das Thermometer umgekehrt unter die linke Achsel, die erwärmte Röhre dehnte sich aus und nicht wie üblich das Quecksilber, das sich fast bis auf den Grund in seinen Kapillarbrunnen stürzte. Da Sengle wußte, daß es gefährlich ist, dem Volk Paradoxe aufzutischen, drehte er das Thermometer wieder um und der Krankenpfleger kam nach acht Minuten.
»Dreiundvierzig«, sagte er. Und Sengle, entsetzt, daß er seinen Trick, der ihm bis zur Unwahrscheinlichkeit gelungen war, unter die Leute gebracht hatte, konnte nicht rufen, daß er sich irrte. Der andere schaute im Licht des Fensters nach.
»Stimmt genau, vierzig Grad und drei Zehntel.«
Sengle wiederholte sich die Zahl und beobachtete die Schwestern, die sich schnell um sein Bett herum aufgestellt hatten und dazu Gebete sprachen; sie fragten den Krankenpfleger, ob nicht Schröpfköpfe notwendig seien, damit der Stabsarzt im Falle seines Ablebens zufrieden wäre. Er schluckte Koffein, das er mitgebracht hatte, bis er in Ohnmacht fiel; sein Puls wurde wirklich schnell; und Nosocome, der zu ihm kam, stellte fest, daß seine Augen glasig waren.
Sengle hatte den Eindruck, daß das Fenster ihm gegenüber viel näher war...

III

AZUR SETZT AZOR AUF FREIEN FUSS

Die glasige Sicht lag zwei Meter vor Sengle wie ein Zwicker, der für die gewölbte Optik von Lurchen gemacht ist oder wie der große, flache Schatten, der vor den Pferden von Staatskutschen dahinflattert, verjagt vom Licht der Laternen. Dann trommelten verschiedene Lichter an die vier Scheiben, und eine bunte, abgegrenzte Form breitete sich aus. Auf der weißen Leinwand aller Betten, auf dem grünen Rost der parallelen Bettstellen zeichnete sich die Figur eines ausgestreckten Soldaten, wie der Fall eines Pappkameraden, ganz deutlich mit seiner Kleidung ab. Der skalpierte Kopf und die stachligen Schnürstiefel bewegten sich zu weiß oder schwarz für die dauerhafte Erinnerung der Halluzinanten; und wie grüne und rote Fanale an Steuerbord und an Backbord leuchtete der Zwillingsfleck aus schwerem, alkalischem und saurem Farbstoff der blauen Jacke und der krapproten kurzen Hose, abgeteilt durch das senkrechte Koppel auf dem liegenden Körper.

Das blaurote Wesen zitterte wie ein Meereshorizont unter der Neigung einer Kimme; und es kochte weiter auf dem Rost der grünen Betten. Und plötzlich blähten sich sein Oberkörper und sein Bauch entsetzlich auf und es verkrampfte sich, wie es auf einem Grillrost üblich ist. Seine blauen Arme und seine roten Beine, aufgerichtet in der Wölbung zweier Hörner einer Mondsichel, verwickelten sich in den Verästelungen der aufgedunsenen Finger und der plötzlich nackten Zehen; und das Bild war viel zu gleichmäßig, um menschlich zu bleiben.

Das Rot und das Blau, anfangs formlos wie die Wappen der Stadt, hatten die hermetische Bedeutung von Anatomiestichen. Und Sengle betrachtete eingehend, so wie man im Fieber etwas von oben bis unten betrachtet, die schematische Darstellung auf den großen weißen Blättern oder die Präparierung zwischen den monumentalen Lamellen der beiden Herzen, dem arteriellen und dem venösen, die die heraldischen Farben der

Analyse deutlich machen und wie zwei Tintenfische, die sich mit ihren Fangarmen betasten, am Ende der symmetrischen Kurve des Eingeweidenblattwerks das Blut und den Himmel ihrer Äderchen miteinander vermischen.
Die beiden leuchtenden Glasuren fraßen die Trennwand des schwarzen Koppels, so wie der Hintergrund einer Landschaft den frißt und auszackt, der vor dem Zahn des gelbgrünen Korns vorbeigeht: sie griffen ineinander wie eine Schädelnaht, und alles wurde in einem schnell blauen, dann schwarzwerdenden Violett zerquetscht.
Sengles Herz schlug, nachdem das Koffein ganz absorbiert war, mit tönender Heftigkeit und Häufigkeit, was ihn wie der morgendliche Schlag einer Wanduhr aus dem Traum riß.
Und dann träumte er noch von den anatomisierten Herzen, Herzen getrennter Bauchfüßer inmitten langer Gefäße wie die Gummiknollen von Irrigatoren; Herzen ägyptischer Krokodile, einbalsamiert in Glasgefäßen, während das Tier hinter den letzten Krämpfen seiner Kinnlade herirrte. Er sah ein sehr schönes Krokodil, blaugrün wie alle Krokodile, doch mit den Zyanoklauen des Burschenblaus der vorangegangenen Träumereien, die Oberseite der Tatzen von einem blauen Ödem verbeult, und blau auch das Oberlid und die Geschlechtsteile. Und er wußte, wie man in der unmittelbarsten Wissenschaft des Traums weiß, daß dieses wunderbare Azurblau die Eigenheit des Wesens mit einer einzigen Herzkammer war.
Sich an Ontogenesen erinnernd, sah er konservierte Fötusse auf der reusenartigen Ausbauchung der Kristallgefäße sitzen, das schematische Herz in der durchsichtigen Brust; und Neugeborene, vor Ablauf der zweiten Woche gestorben, deren beide Herzvorhöfe, wie beim Embryo, noch miteinander verbunden sind. Und trotz der zersetzenden Wirkung des Alkohols erinnerte man sich an den wie Schminktusche bläulichen Schatten, an das Fleisch ihrer Finger, an ihr Geschlecht und an das obere Augenlid.
Unter der Wirkung des Koffeins war die Zunge weiß geworden und knirschte wie eine Landstraße mit Neuschnee.

Seine auf dem Herzen liegende Hand lauschte dem Katzenschnurren; seine Hand war kalt auf der feuchten Brust, seine Füße blutlos; und er träumte, er bliese im Schnee auf die Oberseite seiner blauen Finger.
Er irrte im Mondschein durch die Schnee-Ebene; er flüchtete zu Nosocome, am Fuße der großen Marsyasstatue vor dem erloschenen Kamin voller Staub; Nosocome, der verrückt schien, warf weiße Geldstücke in eine gläserne Sparbüchse von philosophischer Form, in der Blasen rauschten und scharfe Dämpfe hell glänzten. Zwischen dem roten Dunst grünte eine kleine Lampe unter einem Dreifuß. In einem Schmelztiegel wurde polyedrisches Weiß kalt; und Sengle, der verzweifelt dem Selbstmord und den silbrigen Nitratkristallen entgegenging, schluckte, wie man Zucker ißt, den Teufelsstein; das Zyanoblau strahlte vom Magen auf die Epidermis aus wie zur Kreislinie des Himmels eine schwarze Sonne; seine kalten Füße und seine kalten Hände zeigten das heraldische Azur; und er betrachtete in seinem Geschlecht die innere Aufmachung seines oberen Augenlids.
Der Verzehr des Mineralahnen brachte ihn dem Vorfahren mit einer einzigen Herzkammer näher, zumindest was die dem Anblick der andern ausgesetzten Zeichen angeht; und da seine Augen glasig geworden waren beim Wort des Thermometers, eines offensichtlichen Leichnams in seinem Zyanokleid, glaubte er fest, in den Schoß seiner Mutter zurückzukehren, und nachdem sein Zwillingsherz durch die Verbindung der Herzvorhöfe zum Monstrum geworden war, begann das ausschließlich blaue Blut die Extremitäten seines Körpers anschwellen zu lassen.

IV

DIE NACHTBLINDEN

Sengle hatte einen vierzehntägigen »Genesungsurlaub« nach Paris bekommen. Und wieder blauroter Gemeiner geworden, stiefelte er quer durch die Stadt zum Bahnhof.

Er kam an mehreren Offizieren vorbei, die er zu grüßen versäumte, die ihn jedoch nicht zurückriefen. Übrigens hob er, um sich selber seinen guten Willen zum militärischen Gehorsam zu beweisen, die vorschriftsmäßige Hand sechs Schritte *vor* und sechs Schritte *nach*:

Zwei Briefträgern;

Sieben Pennälern;

Einem Kassenboten;

Einem Omnibusschaffner, der in großer Dienstuniform in einem Park spazierenging. Und da hier auch mehrere Radfahrer umherschlenderten, die ihre Räder an Gebüsche gestellt hatten, suchte er natürlich den Omnibusfuhrpark.

Er grüßte einen Radfahrer, weil er links ein scheußliches kleines, ganz verdrehtes Vereinszeichen trug.

Er ging in die Kathedrale und erkundigte sich nach dem Schweizer, um ihn auf Knien zu verehren. Dann verbeugte er sich im Verlaufe seines Weges ehrfürchtig vor:

Der Zinkfahne einer Waschanstalt;

Einem Hanswurst auf einem Ladenschild;

Mehreren Dienstmännern wegen ihres Nummernschildes;

Einem Küchenjungen, in der Überlegung, daß er vielleicht Unteroffizier war, obgleich er es unter seiner uniformähnlichen Dienst- und Arbeitskleidung verbarg.

Und mit hereinbrechender Nacht, als die Grußwahrscheinlichkeiten unrühmlicher wurden, näherte er sich den beweglichen Lichtern des Bahnhofs.

Auf der Allee begegnete er einer Gruppe Soldaten, die sich in wunderlichen Gebärden bogen. Es waren keine Betrunkenen, die, wie man eine liegende 8 malt, von einer Gosse zur anderen taumeln, und bei ihrem Zick-Zack-Kurs genau den Gesetzen des Abpralls folgen. Diese Soldaten tasteten sich bis zum schmerzhaften Zusammenstoß mit dem ersten Passanten oder bis zum stolpernden Fall vom Bürgersteig an den Mauern entlang. Sie schienen Blinde zu sein, die sich gegenseitig in Gräben führten, Breughels in Uniform.

Sengle hörte Satzfetzen und rekonstruierte ihre Klagen:

»Wir werden nie das Lazarett finden. Jetzt sind wir schon dreimal um die ganze Stadt gegangen. Das Lazarett ist eingestürzt. Wie letztes Jahr, als der Stabsarzt bei der Abendvisite nur noch die Mauern vorfand, weil er in seiner Nachlässigkeit die Pioniere nicht benachrichtigt hatte. Das Dach fiel auf die Typhuskranken, die man in die Flure eines Entbindungsheimes verlegte. Das ist so wahr, daß ein Kranker dabei genas. Stürzen denn die Lazarette in dieser Stadt alle Jahre durch die Nachlässigkeit des Stabsarztes ein?«

Und sie gingen weiter, sich zu einer vierten Runde durchtastend. Als Sengle ihre Regimentsnummer las, verstand er ihre Halluzination. In einer kleinen Nachbargarnison, auf einer Anhöhe, mehrten sich, der Höhe wegen, die Fälle von Nachtblindheit. Der Stabsarzt, der morgens die Visite abnahm, schickte sie ins Unfall-Lazarett, doch wartete man ab, bis ein ganzer Trupp zusammen war, den man nach der Abendsuppe antreten und ohne Führung abrücken ließ. Da sie nach Sonnenuntergang in der Stadt des Lazaretts ankamen und ihr schwarzer Star die künstlichen Lichter nicht erfaßte, stolperten die armen Teufel durch absolute Dunkelheit. Man war daran gewöhnt. Deshalb hatten sich die Offiziere auch nicht über die mangelnde Höflichkeit Sengles empört.

Möge dieses Kapitel der Menge, dieser großen Nachtblinden, die nur bekannte Lichter zu sehen vermag, begreiflich machen, daß andere sie vielleicht als eine morbide Ausnahme ansehen und die steilen Auftriebe und Abweichungen einer für sie sternenlosen Nacht berechnen müssen; möge es ihre Verzeihung erwirken für das, was sie in diesem Buch an Blasphemien gegenüber ihren Idolen findet, denn zusammenfassend behaupten wir folgendes: daß es nicht jeden Tag vorkommt, daß die Militärlazarette durch die Fahrlässigkeit der Stabsärzte einstürzen; daß der Fall möglicherweise sogar recht selten ist; daß er seit mehreren Jahren nicht mehr vorgekommen ist, daß es vielleicht ein Einzelfall war; daß wir, trotz seiner Verbürgtheit (siehe einige Zeitungen vom Sommer 89) die Güte haben, ihn nur halluzinatorisch zu beschreiben...

Sengle dachte in Anbetracht des Bibelwortes zuerst daran, sich nach einem Graben oder einer Schaufensterscheibe zu erkundigen, damit die vorübergehend Blinden hineintaumelten: doch aus Angst, seinen Zug zu versäumen, sagte er nur zu ihnen:

»Ich bin der General; versuchen Sie, militärische Haltung anzunehmen.«

V

…AUF MEINEM KLEINEN GRAUEN PFERD

Zu Hause empfing Sengle von Oberleutnant Vensuet die folgende Prosa und einen Brief, in dem er ihn bat, sie im *Iodure de Navarre* vorzustellen:

DER AMBER

»Meine Schwester Cymodocé, da Poseidon die schwimmende Insel, auf der ich gefangen bin, nicht mit seiner dreispitzigen Lanze aufhalten will, stecke ich für dich diesen Papyrus in eine versiegelte Amphore, die der Seeadler forttragen wird, wenn er wie üblich kommt, um die Schildkröten zu rauben, die ihre Eier in der siebenmal glühenden Sonne legen und brüten lassen, eingeschlossen mit mir in der Umfriedung aus dunklem Glas. Hast du mich vergessen, meine Schwester, seit dem Tag, da unser Vater Nereus, uns beide engumschlungen überraschend, wie eine von der andern das verlangte, was nur jene Männer uns geben können, die mit ihren schwarzen Schiffen den violetten Schoß des Meeres teilen (und die beiden Lippen der Wunde zucken wie Flügel), die aufgeblähte Milch der Segel an ihre steifen Masten hängen und die Furchen der Wasser mit Kornschaufeln besäen – uns erst damit drohte, uns mit seinem Dreizack voneinander wegzureißen wie die Seele der Schlammschnecke aus ihrem spiralenförmigen Gehäuse, obgleich wir nur durch den flüssigen Atem des Meeres miteinander verbunden waren, dich in den Abgrund stürzte und mir diese Insel auftauchen ließ, die mich wie ein Netz auf die Oberfläche des Flusses Ozean zurückgetrieben hat, über den Glaswälle hinwegragen und der in seinem ewigen Lauf einen Zirkularwirbel erzeugt, von dem sich sagen läßt, er sei gefährlicher als Scilla und Charybdis? Wirst du im Bett des Flusses Ozean, nach den Liebeskämpfen der monströsen Pottwale, wieder die Edelsteine einsammeln, die sie dem Meer als Lohn für seine Kupplerdienste überlassen, die Amberbarren, kostbarer als Gold, weil Amber schwimmt und sich unaufhörlich

mit den Strahlen des Tages vollsaugt, bis es einer grauen Asche ähnlich ist, die ächzt und stöhnt wie der Schwefel, wenn wir ihn mit unseren blaugrünen Händen packen und der an Gewittertagen ohne zu brennen mit zehntausend Büschelfunken leuchtet?
Nie wieder werde ich meinen Vater Nereus sehen, denn sein Zorn ist ewig, so wenig wie dich, Cymodocé; und wenn ich auch das Geräusch der Formen des Meeres in einer Muschel mitgenommen habe, die sein regloser Mund ist, so weiß ich doch, daß das Meer sich verändert hat und nicht mehr mit seinem ernsten Murmeln zu mir spricht, denn ohne sich zu brechen gleitet es an der lüsternen Glasinsel dahin, die sich wie eine Vase in den Händen des geschickten Töpfers dreht und beim Drehen etwas vorrückt, so wie die Sonne über uns, deren Spiegelung sie ist, langsam den westlichen Wellen entgegenschlingert, wo die Säulen des Herakles stehen.
Die Insel schlingert langsam der westlichen Welle entgegen, ohne daß sie einen Steuermann braucht, denn die Plastizität des Meeres bewahrt sie davor, gegen die Klippen und den Samen der Insel zu stoßen, die man verstreut nennt.
Heute nacht ist Phöbe mit ihren Dreihörnern aufgestanden, doch ich habe sie wegen der hohen Mauern nicht gesehen. Ein langer Strahl ist geradewegs ins unsichtbare Meer gedrungen und ein schwacher Lichtschein kam am Ufer der Insel wieder aus ihm hervor. Und wie einen leichten Rundtanz habe ich nackte Formen und umhüllte Formen von Hekate-Priesterinnen gesehen, die dreimal um den Wall gezogen sind, jedoch in der umgekehrten, vom Kreis des Meeres gebotenen Rotationsrichtung. Die Insel ist einen Augenblick lang unter dem durchlöcherten Himmel stehengeblieben und ein rotes Licht rauchte an ihren Ufern. Ein noch roterer Lichtschein antwortete auf einer fernen Obeliscolychnie. Diese Obeliscolychnie hat zweifellos unseren Lauf aufgehalten, denn sie hat die Form der Gebärde, des Befehls, und sie erinnert mich an die Masten der Schiffe der Menschen, so wie die Muschelschale, die der Mund des Meeres ist, mich an den Abdruck erinnert, mit dem der ovale Kegel der Schiffe den violetten Bauch der Lachmöwe zeichnet.

Dies sehend, heulte wie eine Hündin ich zur Phöbe auf und lief über die ganze Insel irrend zum Grab von Mikromegas.
Der in seinem Eisensarg liegende Riesenmensch, dessen Kopf unter dem Großen Bären liegt, durchquert die ganze Insel. Und langsam geht er mit der ganzen Insel, deren Pole ein Kreuz bilden, dem Westen entgegen; er führt die ganze Insel und mich der Doppelsäule des Herakles entgegen, und ich liebe den toten Riesen, von dem und über den in ionischen Lettern geschrieben steht, es sei erstaunlich, daß dieser große Körper liegend auf einer so kleinen Insel Platz hat. Ich habe weder Mikromegas zum Leben erwecken noch mich selber der tagnächtlichen Runde der Jungfrauen um die Ringmauern herum anschließen können.
Jede Nacht stehe ich nackt an der Glasmauer und betrachte mein im flüssigen Meer stehendes an mich geklebtes Bild. An der Mauer ist eine Inschrift, derzufolge sich das Glas für den, der sein Doppel durch das Glas hindurch leidenschaftlich küßt, belebt und zu einem Geschlecht wird, und der Mensch und das Bild lieben sich durch die Mauer hindurch, entweder durch den Willen der Unsterblichen oder durch die List eines gelehrten Mannes, der Maschinen konstruiert hat, die den Lebenden ähnlich sind und die sich, auf den Wassern und bei der Libration der Insel oszillierend, auf der anderen Seite des Glases bewegen.
Die Wolken haben den ganzen Tag geregnet und das Wasser fließt durch die Insel hindurch, um zum unterirdischen Meer zu gelangen. Die Insel schwimmt wieder der westlichen Welle entgegen, und ich sehe die Sonne nicht, die ertrunken ist hinter der Doppelsäule des Herakles, wohl aber einen Regenbogen, der an beiden Enden von den beiden entfernten Kapitellen gehalten wird.
Unsere Sirenengesänge sagten, wer im Boot unter dem Regenbogen hindurchfährt, verändert sein Geschlecht: ich werde heute abend zur Glasmauer zurückkehren.«

. . . .

Cymodocé, wie eine Meerspinne an ihren Haaren aus meergrünen Haftfäden zwischen den beiden Heraklessäulen hängend, sieht zu, wie die treibende Insel aus dunklem Kristall näher-

kommt. Eine weiße Form leuchtet schwach im Hintergrund, und Fingernägel knirschen an dem Erdstaniol des Glases auf der anderen Seite des Meeres. Dann flammt ein weißer Stern auf, und das Glas spaltet sich oval in der Mauer; die weiße Form wird mit dem Blut sichtbar, das aus dem Zahn des Glases gekommen ist und sie vom Bauch bis zum Purpurrot der Fingernägel einhüllt. Das Meer pfeift in der Wunde, füllt das Gefäß der Insel, die, nachdem sie bereits an den beiden Pfeilern vorbei ist, nach hinten kippt; und Wasser und Luft spritzen vermischt bis zum Regenbogen hoch, der durch eine Öffnung, die dem Spritzloch eines Pottwals ähnelt, leise plätschert.
Und Cymodocé empfängt auf dem Wasser schwimmend den weißen und purpurroten Körper, wie ein Schiffchen voller Walsperma.

»Offiziersprosa«, sagte Sengle und warf das Manuskript in den Kamin, zusammen mit einem Streichholz, denn es war noch nicht Winter.

Buch IV
DAS BUCH VON DRICARPE

»Dann laß mal sehen,
was für Geschichten du
mir erzählen willst.«

DON QUICHOTTE

I

SCHÜLERSPIELE

Kriegsrat. Sengle, mit glattrasierten Lippen aus der Einzelhaft gekommen, drückt seinen Revolver mit seiner trotz der Waschungen noch blau behandschuhten Hand in der oberen Tasche seines vorschriftsmäßigen Mantels. Der rechte Arm des Gefangenen steckt in einer schwarzen Binde. Aber es gibt noch viele andere Gefangene mit glattrasierten Lippen, die ebenfalls eine schwarze Binde haben, und sie sehen aus wie die früheren Scholare in ihren zweigeteilten Anzügen.
Die militärischen Formalitäten laufen ab, und dazu der Form halber die Plädoyers, mit Afrika und Kreuzhacken am Ende, Strafbataillon also, vor allem mit längerem Dienst und gewagteren Fluchten.
Der freie Sengle schoß mit der Pistole auf Befehl siebenmal ins Schwarze. Ungeschickt ist er nur mit dem Lebelgewehr. Eins, zwei, drei, vier, fünf, er hat fünf Makronenoblaten beim Wurfspiel gewonnen; fünf der mit dem meisten Lametta Geschmückten sind von ihrem Wagen gesprungen. Sechs. Trotz der Tradition der vermischten Nachrichten hat Sengle nichts für sich behalten. Durch den vorangegangenen Weihrauch hindurch trifft er mit einem schlaffen Geräusch die dazwischenstehende Menge.
Im verzogenen Rauch baumelt immer noch die Nachttischlampe, und der besudelte Sengle wischt sich den Bauch und die Brust mit dem Taschentuch ab.

II

PATAPHYSIK

Sengle hatte sich auf Grund seines erprobten Einflusses auf den Habitus der kleinen Gegenstände für berechtigt gehalten, auf den wahrscheinlichen Gehorsam der Welt zu schließen. Wenn es auch nicht stimmt, daß die Vibration eines Mückenflügels »einen Höker hinter der Welt« macht, weil es kein hinter der Unendlichkeit gibt oder vielleicht weil sich die Bewegungen kartesianisch in Ringen fortpflanzen (es ist klar bewiesen, daß die Gestirne Ellipsen oder zumindest kurzschrittige elliptische Spiralen beschreiben, und daß ein Mensch, der in einer Wüste geradeaus zu gehen glaubt, nach links geht, und daß es nicht viele Kometen gibt), so liegt es doch auf der Hand, daß eine kleine Bewegung in beachtliche Außenverschiebungen ausstrahlt und daß der reziproke Zusammenbruch der Welt nicht imstande ist, ein Schilfrohr so zu bewegen, daß ihm das bewußt wird; denn das besagte Schilfrohr, mitgerissen im Rückzug der Atmosphären, der nie ein Rette-sich-wer-kann ist, würde in seiner Reihe und seinem Glied bleiben und feststellen, daß seine Beziehungen, entsprechend der verschiedenen Denkformen, zu diesen Atmosphären fortgedauert haben.
Nosocome hatte unter einer Glasglocke einen Strohhalm waagrecht an einen Seidenfaden gehängt und festgestellt, daß das Herankommen tierischer Wärme die eingeschlossene Luft für eine Vibration nicht genügend verschob. Sengle, einige Meter entfernt, erreichte durch einen wenig verlängerten Blick Abweichungen.
Sengle würfelte eines Tages in einer Kneipe mit Severus Altmensch, wer zuerst auf fünfzehn kommt. Er brachte dreimal fünf, fünf und fünf. Und es machte ihm Spaß, Severus die unwahrscheinlichen Punkte, die er wirbeln sah, bereits anzukünden, bevor sie aus der Opazität des Würfelbechers kamen. Und beim zweiten Wurf, schon ein wenig trunken von Absinths und Cocktails, warf er fünf, vier... Das dumme Spießertum

Severus' lachte höhnisch; und SECHS. Niemand würfelte mehr mit ihm, denn er heimste beachtliche Summen ein.
Seine Stärke, nach außen geatmet, kehrte in ihn zurück und zog den Beitrag der mathematischen Kombinationen an sich. Sengle schuf seine Literatur, eigenartig und genau ins Gleichgewicht gebracht, durch einen Schlaf von gut fünfzehn Stunden nach dem Essen und Trinken; und ejakulierte in einer Schreibe von einer bissigen halben Stunde das Resultat. Welches man unendlich anatomisieren und atomisieren konnte, da jedes Molekül nach dem System der Masse, wie die Zellen eines Körpers, mit vitalisierenden Hierarchien kristallisiert ist. Philosophieprofessoren singen, daß diese Ähnlichkeit mit den natürlichen Produktionen zum MEISTERWERK gehört.
Und was sein praktisches Leben anging, so hatte er ein sicheres Vertrauen, da er schon immer die Erfahrung gemacht hatte, es sei denn, das Prinzip der Induktion wäre falsch, doch dann wären die physikalischen Gesetze ebenfalls alle falsch, daß er sich nur der wohlwollenden Rückkehr der Außenwelten anzuvertrauen brauchte, die ihn in einer Reihe von Handlungssackgassen schockieren und blockieren würden, bis er über die Innentreppe des Salzes auf der Spitze der Pyramide auftauchen würde. Und das hatte ihn noch nie getäuscht.
Aus diesen Wechselbeziehungen mit den Dingen, die er mit seinem Denken zu lenken gewöhnt war (doch das tun wir alle, und es ist überhaupt nicht sicher, ob es, wenn auch nur zeitlich, einen Unterschied gibt zwischen dem Denken, dem Wollen und der Tat, vgl. die Heilige Dreifaltigkeit), ergab sich, daß er weder sein Denken von seinen Taten noch seinen Traum von seinem Wachsein unterschied; und die Leibnizische Definition, daß die Wahrnehmung eine wahre Halluzination ist, vervollkommnend, sah er nicht ein, warum er nicht sagen sollte: die Halluzination ist eine falsche Wahrnehmung oder genauer: eine *schwache* oder viel besser noch: eine *vorausgesehene* (*erinnerte* manchmal, was dasselbe ist). Und er dachte vor allem, daß es nur Halluzinationen gibt, und daß es weder Tage noch Nächte gibt (trotz des Titels dieses Buches, weshalb er auch

gewählt wurde), und daß das Leben kontinuierlich ist; daß man aber, ohne diese Pendelbewegungen, überhaupt nicht merken würde, daß es kontinuierlich ist, und nicht einmal, daß es ist; und man kontrolliert das Leben zuerst am Herzschlag. Es ist sehr wichtig, daß es ein Schlagen ist, daß aber die Diastole ein Ruhen der Systole ist und daß diese kleinen Tode das Leben erhalten, eine Erklärung, die nur eine Feststellung ist, das war Sengle so wurscht wie ihm der gelehrte Prahler wurscht war, sein nichtssagender Autor.
Die Welt war nur ein riesiges Schiff mit Sengle am Steuer; und im Gegensatz zur hinduistischen Vorstellung von der großen Schildkröte, die das unbedeutende Universum trägt, war das Bild, das ihm am wenigsten absurd schien, das von der römischen Waage, ein sagenhaftes Gewicht, von Sengle ins Gleichgewicht gebracht und widergespiegelt (da das vermittelnde Messer des Dreschflegels die Linse ist, obgleich diese Annahme allen optischen Gesetzen zuwiderläuft). Philosphischer, und Sengle, den Stolz nicht für eine Sünde haltend, stellte sich gern dieses ungeheuere Schema vor, konstruiert unter Beachtung der Theorien von der Formation der Bilder, wobei sich die Strahlen am selben Punkt kreuzen wie oben, und so war es tatsächlich Sengle, der sich mit dem vergrößerten Bild und der imaginären Figur identifizierte; und die winzige Welt, auf den Kopf gestellt durch die Projektion seines gigantischen Doppelgängers auf die Leinwand der anderen Schale der Waage, stürzte, so wie sich ein Rad dreht, unter dem Antrieb des neuen Makrokosmos ein.

Ein wenig Don Quichottismus, die Konzeption dieser großen Windmühle, aber es sind wiederum nur die Dummköpfe, die sie lediglich vom Mahlen her kennen.
Und Sengle hatte seine Kraft dulcineasiert oder vergöttlicht.

III

EINIGE TRUISMEN

Die Wissenschaft, sagen die Bürger, hat den Aberglauben entthront: eine Krankheit wird nicht mehr von einem bösen Geist verursacht, sondern von Mikroben, die man nach bekannten Regeln vernichten kann. Nun geht man von der vollkommenen Wissenschaft über zum Konkreten, das eines Gemeinplatzes würdig ist: denn es heißt, was für die sterblichen Augen sichtbar ist (es sind immer sterbliche, folglich gewöhnliche und sehr unvollkommene Augen, selbst wenn man sie sich durch die Mikroskope der Wissenschaftler verstärkt vorstellt; und da das Sinnesorgan eine Ursache für Irrtümer ist, vergrößert das wissenschaftliche Instrument das Sinnesorgan in Richtung auf seinen Irrtum).

Die alte Lehre sagt: die Krankheit, der physische Schmerz, alles, was man will, ist eine Episode im ewigen Kampf Ahrimans gegen Ormuz, des Prinzips des Bösen gegen das Prinzip des Guten. Die Anrufung des Ormuz bekämpft die Ursache des Bösen und nicht das Böse selbst, das nur Wirkung und folglich solange wiederholbar ist, wie die Ursache fortbesteht.

Bei den höheren Intelligenzen geben sich Ormuz und Ahriman die Mühe, persönlich zu kämpfen. Bei ihnen wird das Böse durch das Gebet besiegt. Bei den schlichten Gemütern ebenfalls. Es ist die nicht sehr neue Theorie des Dr. Misès, daß es kaum einen Unterschied gibt zwischen der Sphäre, Form eines rudimentären Körpers, bei dem keinerlei Protuberanzen entwickelt sind (Ormuz, werden wir hier sagen), bei dem keine Vertiefungen vorhanden sind (Ahriman), und der Form eines vollkommenen Körpers, der wiederum Sphäre ist, weil dieser Körper alle Protuberanzen und alle Vertiefungen besitzt (wenn er rein ist, diese zumindest im Zustand der Erinnerung, was sich nicht von dem unterscheidet, was das gemeine Volk die augenblickliche Wirklichkeit nennt), folglich eine Vielzahl von Reliefs und Senken darstellt, unendlich rauh ist – was bekanntlich die Definition des glatten Körpers ist, da das Glatte aus der äußersten Kleinheit der Auskragungen resultiert und somit in direktem Verhältnis zu ihrer Vielzahl steht. Diese höheren Intelligenzen, klein an Zahl, erkennen sich an verschiedenen physischen Einzelheiten. Von ihnen läßt sich sagen, was schon das Evangelium sagt: »Wenn sie ein tödliches Gift trinken, wird es ihnen in keiner Weise schaden.« Im praktischen Leben nennen die Bürger oder die Männer der Wissenschaft sie Verrückte oder Kranke, weil der Bürger nicht gebildet genug ist, um den Körper zu erforschen und der Wissenschaftler zu gebildet – durch die zerebrale Histologie –, um die Seele zu erforschen.

Zwischen dem Wissenschaftler und dem Bürger derselbe Vergleich, wenn man so will, wie zwischen dem einfachen Geist und dem Genie. Der Wissenschaftler ist das Genie der Analyse (vergessen wir nicht den synthetischen Geist, heißt es, von Cl. Bernard, usw., doch jegliche Wissenschaft ist mehr Analyse als eine Literatur, nicht wahr?), weil er weiß, daß es, wenn er sie nicht erstellt, eine mögliche Synthese gibt. Er läßt stets das Prinzip der Synthese außer acht, das also, was wir Gott nennen, ein lebendes Prinzip, zu dem, vielleicht ohne es zu wissen, die Theorie der Leitgedanken hinführt. Der Bürger ist nicht imstande, das Prinzip der Synthese zu verstehen und sucht es trotzdem – indem er analysiert. Die Ergebnisse sind identisch.

IV

DIE SPIEGELFOLIE DER TÜMPEL

> Der Glockenturm gleicht einer Pappel.
> Auf der Spitze steht die vergoldete Heilige
> Im Schatten, rosarot von den melancholischen Winden
> Mit ihrer Tochter, und unter ihren Füßen die Reliquien.

Sengle war als ganz kleines Kind zu dieser Wallfahrt nach Sainte-Anne mitgenommen worden und hatte daran Erinnerungen, die mehrere waren.

Zum ersten war es die längste Reise mit der Eisenbahn, die er gemacht hatte, umso länger, als er in der Eisenbahn immer seekrank wurde.

Dann kam man in heilige Kreise aus grauen Steinen, und alle rutschten auf Knien die schmerzhaften Treppen hinauf, bis zur Spitze eines Granitdreiecks; und stehend spielte er dazwischen, weil er ein ganz kleines Kind war.

Und am Fuße der Treppe, auf einer schnurgeraden Landstraße, gab es Gräben mit Tümpeln und blauen Kröten, und Sengle liebte die Tümpel sehr, weil man nie weiß, was für Tiere man dort findet, und wegen des Austrocknens durch die Sonne nicht einmal, ob man die Tümpel wiederfindet oder die gleichen Tümpel und man glaubt immer, man habe geträumt.

Der erste Liebeseindruck Sengles waren Wellen, die vor seinem Lauf dahinflohen.

Auch in den drei Steinbecken des Brunnens gab es Wasser, doch ohne Gräser und Tiere. Alte Frauen boten Schälchen mit Wunderwasser an, das sie priesen und einem schimpfend hinterherschütteten, wenn man es nicht haben wollte. Die eine, der er das Almosen verweigerte, sagte zu ihm:

»Möge der liebe Gott Sie segnen… möge der liebe Gott Sie segnen, mit Stroh im Arsch und Feuer drin.«

Bei einer dieser Alten kaufte man für Sengle einen kleinen

Silberring, der sich ganz allmählich abnutzte, bis er an seinem Finger verschwand.
Er lernte die Basilika kennen, festlich erleuchtet die ganze Nacht über wie ein Brasero auf dem Kirchenvorplatz, und ward eins mit dem roten Mund des großen Portals.
Er geriet in Begeisterung angesichts der Kostüme und der *griechischen* Schönheit der Mädchen und lachte ein wenig, daß die Söhne der reichsten Bauern durch eine zusätzliche Hose unterm Arm und die kürzere Steifheit ihrer Kittel kundgetan wurden.
Er begriff die Heilige Anna als Doppelgestirn, Sonne und Mond, das die trockenen Taue aus den dünnen Seidenfäden der Weizenkörner macht und das Meer mit seinen beweglichen Schleimwarzen reinigt; und die brennenden Höhlen mit einer solchen Kälte vereist, daß sie selbst die Flamme erfriert.
Er sah nic die Steine von Carnac, wohl aber, daß die Pfeiler der Brücke von Auray aus dreieckigem Granit waren; und er ließ stumme Frauen seine Worte sehen und sie antworteten ihm, obgleich taub, mit mathematischer Stimme; und ein Taubstummer, der weder hinsah noch antwortete, schüttelte das Gehänge einer Laterne über dreißig Skeletten unter einer Falltür.

Zwischen den Ginstern, Schamberg der Menhire,
Tappt nach Trinkgeld der Taubstumme umher
Der um das Loch des Knochenfelds der Märtyrer streift
Mit seiner Laterne am Ende eines Stricks.

Auf den Karminfluten bläst der Wind ins Horn.
Das Einhorn des Meeres schwankt durch die Heide.
Der Schatten der Knochengespenster, den der Mond bringt,
Verjagt mit seinem Stahl den Marder und das Wiesel.

An der Eiche von Menschenform hat sie gelacht,
Und den Lärm der Maikäfer verzehrt, C'havann,
Und zerzaust sich, Seeigel, fern auf einer Insel das Haar.

Der Wanderer, über seinen Schatten schreitend schreibt.
Ohne zu warten, bis der Himmel Mitternacht anzeigt,
Läutet unter dem Federkorso der Stein.

Und über eine morgendliche Ginsterlandstraße, gefleckt von den Hörnchen kleiner schwarzer Skorpione, führte man ihn zu Fuß wieder zum Bahnhof.

Er kam nie wieder nach Sainte-Anne, fuhr aber, im Eisenbahnabteil, mehrere Male an dem weißblauen Schild vorbei, das auf den Marktflecken hinwies. Nachts, eine Entfernung davor und eine Entfernfung danach, rief ihn der Marktflecken mit dem Meeresgeräusch eines ewigen Glockengebimmels; bei Tag hoben eine Vielzahl kleiner Weihnachtseiben, die durch ihre hochgekrempelten Rahen alle einem Wald siebenarmiger Leuchter des Tempels von Jerusalem glichen, die Finger zu ihm auf.

Und er erinnerte sich an eine Menge Dinge, die er in Sainte-Anne gesehen hatte und die nie dort gewesen waren, wie etwa eine Mort-Saint-Innocent, ein Kopf in Form einer Keule, mit dem er im Traum in einem nicht existierenden Keller der Basilika lange Faustkämpfe austrug.

Und die Heilige Anna war, für die Sinne und die Seele, all das Liebenswürdige der ältesten Vergangenheit Sengles.

Sengle erwählte also die Heilige Anna zum Dolmetsch seiner Selbst mit der Außenwelt und als Synthese seiner gesamten, in den Zwischenräumen der militärischen Steine weit verstreuten Kraft. Und er bildete diese Synthese durch eine perpetuelle Anrufung entsprechend der Riten und seiner Selbst.

Und als er sie für ausreichend hielt, beschloß er eine beweiskräftige Prüfung, um zu wissen, ob die Waffe bereit sei.

V

WÄHREND DER LAMPEN

Um halb fünf kam eine Schwester, um in den Sälen das Gebet zu sprechen, und noch vor fünf Uhr wurde zu Abend gegessen. Sengle präsentierte der Schwester drei dicke Teller für die Fleischbrühe, den Hühnerflügel und die gekochte Kartoffel, ging hinunter in die Kantine, um ein »Schokoladenhäufchen« zu kaufen, bezahlte dem Krankenpfleger den Wein, der ihm verboten war, und die sechs letzten Viertelstunden, in denen das Spielen oder Lesen erlaubt war, tröpfelten monoton in die beiden Carcellampen, die sich das doppelte Zentrum und die beiden Enden des langen Tisches streitig machten.

Niemand wagte nach sieben Uhr aufzubleiben, seit dem Tag, an dem genau um sieben Uhr ein Unteroffizier in den Saal der Fieberkranken kam und Sengle gerade noch die Zeit hatte, sich ganz angezogen in seine Laken zu hüllen, worauf er für vier Tage in den Bau marschierte, dort oben, bei den Häftlingen, Nicht-Liegende, deren Namen man wußte, da sie die Naivität besessen hatten, ihre Krankenblätter auf dem Nachttisch liegen zu lassen.

Um acht Uhr erstarb jedes Geflüster von Bett zu Bett unter den Beschwerden der Schwerkranken, es gab kein Beispiel, daß irgendjemand in dem großen Krankensaal geweckt wurde; und Sengle hatte nie vor der Kälte der ersten Morgenstunden, die aus der Luke seines hohen Fensters fiel, die Augen öffnen können.

Nachts gab es keine anderen Kontrollgänge als die gefederten Schritte der alten Schwester, die den zuletzt Gekommenen, die sie für die Kränksten hielt, zu trinken gab. Und Sengle kannte sie vom Hörensagen.

Er glaubte, zur Prüfung Seiner – lieben – Frau, um nichts Schwierigeres bitten zu können als um zehn Uhr in dieser Nacht aus dem Schlaf zu schrecken.

VI

DRICARPE

Dricarpe war ehemaliger Weinhändlergehilfe – hm? sagte der Stabsarzt. Er brüstete sich damit, daß er nur ein einziges Mal verhaftet worden war wegen Betrugs, der in der Ankündigung von Schnellbooten in einer Zeitung bestand, die gar nicht existierten; und daß ihn am Sonntag ein Vetter besuchen würde, Ex-Perückenmacher der Kahlköpfe. Seine Gebärden kreuzten sich vor der Brust, wie bei einem Kartenbuben, und sein Gesicht hatte die Form eines Herzens; der Atem warm und stinkend, die Augen immer geschlossen, wobei sich die Wimpern über den Flaum der blonden Wangen schoben. Hände eines Blinden oder Modelleurs, Finger eines Buckligen oder Beutelschneiders. Mit den klappernden Lazarettschuhen lief er umher wie die Waldkäuzchen oder die nächtlichen Zuhälter. Er legte große Frömmigkeit an den Tag, um bei der Schwester gut angesehen zu sein, und machte morgens die Betten aller Kranken, damit er mehr zu essen hatte; widersprüchlicherweise beschimpfte er sie und erschreckte sie mit unvorhergesehenen Flüchen. Rauchte frenetisch, als würde er sich den Kehlkopf feilen; spuckte Blut auch ohne das und abscheuliche Schleimigkeiten, denen Carlyle Bedeutung verlieh, indem er den Abfällen der weichen Vögel, denen Dricarpe gleich war, einen Namen gab: *owl-droppings.* Schien beeindruckt von der Größe der Krankensäle und von der absurden, da vergitterten inneren Freiheit. Alles in allem furchtsam bei Geräuschen und Lichtschein, und mutig gegen die Aufsicht wie einer, für den durch die Umstände die Idee vom Gefängnis fast angeboren war.

VII

HOLZPFERDE

Wie Don Quichotte, auf seinem behinderten Roß durch den Märchenwald reitend, dem unsichtbaren Schlag der Dampfdruckhämmer zu den sinnlosen Erzählungen Sanchos hin entkam, lauschte und erzählte Sengle und Dricarpe auf ihren Nachbarbetten, und in ihren Gehirnen waren Geräusche von Schlägen auf geschlossene Särge oder, durch die Türspalten, zum Licht hin. Und es schien ihnen ganz natürlich, daß sie schließlich bei Gefängnisgeschichten anlangten, denn man weiß so gut *etwas anderes* zu sein als die gehörte Fabel, daß sie auf diese Weise vergleichsweise frei waren, dieweil ihre Worte die Riegel nach draußen jagten. Die Erzählung Sanchos wurde in Explosionen burlesker Angst unterbrochen; Dricarpes Lungen verfielen und flossen als Eiter in seine Worte, und es gab geräuschvolle Pausen mit frischen Spucknäpfen. So ritten sie über die schwingenden Platanen und Zypressen des Gartens.

VIII

BETTLER UND GEFÄNGNISSE

Dricarpe sagte:
»Ich werde Ihnen zuerst eine Bettlergeschichte erzählen. Zwei Bettler begegnen sich in der Rue de Rivoli: ›Komm, wir gehen zu dem kleinen Kohlenhändler einen trinken.‹ Es ist ein Blinder, der das zu einem zitternden Lahmen sagt. Zwei halbe Schoppen. Der Lahme läßt sich von dem Blinden die Zeitung vorlesen und sagt zu ihm: ›Auf dein Wohl.‹
Er unterbrach sich, um lange unter Krämpfen zu spucken, und begann, wie nach einem Manuskript, eine andere Geschichte.
»Eine Bettlerin wie sie im Buche steht hatte ihr Kind mit zur Arbeit genommen. Hatte sich mit einer anderen Bettlerin besoffen. Trifft einen Verkäufer von Bettlerblumen. Er spendiert ihr einen. Sie ihm auch. Mehrere Gläser. Am Ende war es neun Uhr abends. Als sie um neun Uhr kein Geld mehr hatten, weder sie noch der Verkäufer, sagte er zu ihr:
›Leih mir dein Kind, damit ich was zum Trinken zusammenbettle.‹
Und schon ist er mit dem Kind in den Straßencafés und sie hinterher. Er nutzt den Augenblick, da sie besoffen war, geht weg mit dem Kind, und er hatte Einnahmen gemacht zwischen acht und neun Francs. Geht weg mit dem Kind zu einem Weinhändler, wo Huren waren. Da sie ihn kennen und dieses schöne kleine Kind sehen, bieten sie dem Kleinen Milch und Kuchen an. Er trinkt ein paar Glas Wein und geht mit dem Kind in ein Hotel in der Rue Simon-Lefranc zum Schlafen, steckt den Kleinen ins Bett und legt sich besoffen auf den Teppich, damit er nicht wegen Vergewaltigung belangt wird. Am nächsten Morgen wird er wach, und da er völlig blank ist, geht er morgens gegen Mittag mit dem Kind auf die Champs-Élysées, um sich sein Mittagessen zusammenzubetteln. Liest an der Madeleine alte Blumen auf, um damit hausieren zu gehen. Bekommt sein Mittagessen zusammen und geht zu Monsieur

Rabus einen trinken. Man sagt ihm, daß die Mutter gerade da war, er nimmt sein Glas und läßt das Kind in der Ecke. Doch was die Mutter auf der Wache getan hat: weinen, ist gestohlen worden, usw. Kommt dann an und findet den Kleinen beim Weinhändler wieder.«

Er spuckte noch einmal und sagte zu Sengle:

»Ich werde Ihnen jetzt von den bettelnden Mädchen erzählen. Verwandte schicken sie und die kleinen Jungens, von sechs bis achtzehn Jahren, los, damit sie zum Schein in einem kleinen Korb Nadeln, Bleistifte, Schuhschnüre verkaufen, hauptsächlich in der Umgebung der großen Kaufhäuser, Louvre, Bon Marché. Sie sind gezwungen, ihren Eltern eine bestimmte Summe heimzubringen, zwischen zwei und sechs Francs; doch statt zu verkaufen gehen sie eher auf den Strich. Und die Eltern sind wohl eher ein bißchen schuld dran, denn sie verlangen von den Kindern einen festen Satz, tun nichts und schlagen sie.

An einem andern Tag werde ich Ihnen von Bettlern erzählen, die Kinder vermieten... verheiratete Frauen, die wegen Verhurtheit von ihren Männern getrennt leben, die allerletzte Sorte. Es gibt welche, die haben Kinder und die trinken untereinander, obwohl der Mann nicht genug Geld heimbringt. Es gibt welche, die haben keine Kinder und wenden sich an die, die welche haben und Nachbarinnen sind. Ziehen mit ein oder zweien los zum Betteln, weil sie mehr Traute haben als die, die wirklich Mütter sind. Die ersten vermieten, um zu trinken, weil sie Angst haben, ihr Mann erfährt, daß sie betteln.

Die Krüppel: die Krüppel, Hinkebeine usw. Ihr hauptsächliches Leben, um acht Uhr aufstehen und bis elf Uhr ihre Runde drehen; und ihre *Werkzeuge,* so unter sich, das ist ein paar Glas Alkohol trinken, nämlich zwei oder drei Absinth, um zu *arbeiten.* ›Reich mir meine Werkzeuge‹, sagen sie in der Öffentlichkeit. Nennen *Baustelle* den Ort, an dem sie arbeiten (betteln), und nach Feierabend treffen sie sich, um zusammen zu Abend zu essen, und zwar in Spelunken, die in der Regel die Buden sind, wohin sie essen gehen. Danach trinken sie bis halb drei. Es ist die Zeit, wo ›der Betuchte allmählich aus dem Haus geht‹,

und sie begeben sich wieder an die Baustelle, weil sie keinen Zaster mehr haben. Wenn die Einnahmen gut sind, arbeiten sie nur bis fünf oder sechs. Im andern Fall gehen sie in die Kneipe, um sich neuen Mut anzusaufen, und warten, bis die Arbeiter Feierabend haben, in der Avenue de l'Opéra oder der Rue de la Paix oder auch der Rue Tronchet und an der Madeleine. Gehen dann zu Abend essen und lassen sich anschließend vollaufen bis zehn oder elf. Und wenn sie besoffen sind, gehen sie schlafen, oder im andern Fall warten sie, bis die Theatervorstellungen zu Ende gehen. Treffen manchmal ein paar alte Bettlerinnen (dreißig oder vierzig Jahre) wie sie, die mit ihnen schlafen, damit sie was zum Futtern und ein Dach überm Kopf haben, weil sie nichts eingenommen haben. Oder Mädchen von zwanzig tun sich mit dem Krüppel zusammen, weil sie nicht aufgeweckt genug sind, um ein lockeres Leben zu führen…
Es gibt die Bettler als Zeitungsverkäufer…
Doch die gesunden Bettler sind meistens im Gefängnis…«

IX

REPORTAGE

Sechs Uhr abends, ein Neuzugang im blauen Mac-Farlane und ein Krankenpfleger, der seinen Einweisungsschein trägt.
»Das ist Monsieur Philippe«, sagt zu Sengle Dricarpe, als er sieht, wie er sich nach dem Licht umdreht.
»Guten Tag, Monsieur«, sagte der Kleine, knöpft seine Jacke auf und zieht die Sporenstiefel aus, um sich in das Bett links von Sengle zu legen, »warten Sie auch auf die Ausmusterung?«
»In einem Monat.«
»Dann bin ich vor Ihnen frei... Wird man mir heute abend die Temperatur messen? Ich habe etwas Fieber. Mensch, ist das hier groß, schmutzig und traurig. Bekommt man nicht jeden Tag Ausgang?«
»Wenn Sie den Chefarzt um Erlaubnis bitten. Aber mir wäre lieber zuerst die Ausmusterung und dann ein einziger großer Ausgang danach.«
»Wissen Sie, daß mir der Ausgang in Biarritz nicht gut bekommen ist?«
»Ich weiß, ich habe es gelesen.«
»Weil ich nicht an meinem zugewiesenen Aufenthaltsort war. Ich habe mich in einem Gasthof versteckt, wo sie mich auf ganz gemeine Weise verraten haben. Andernfalls ritte ich nach Hause, legte mich hin und wäre unantastbar gewesen. Doch die Gendarmen haben mich vorher geschnappt.«
Er sprach kurz und schnell mit der Stimme eines vertrauensseligen, eiligen oder keuchenden Kindes. Zwei Krankenpfleger kamen mit einem Thermometer.
»Haben Sie Fieber?« sagte der Krankenpfleger, der die Visite machte.
»Abends habe ich immer wenig gehabt.«
»Haben Sie 38? Oh ja, Sie sind ganz feucht und außerdem dürfen Sie sich nicht überanstrengen.«
Und der diensttuende Krankenpfleger machte im Schein einer

Kerze, die auf dem Tablett am Kopfende des Bettes stand, einen Punkt und einen Strich auf das karierte Blatt.
»Um wieviel Uhr ist die Visite?« fragte Philippe.
»Um acht Uhr. Vorher wird aufgestanden, aber man muß nicht.«
»Legt man sich für die Visite hin?«
»Ja, an den ersten Tagen ist das besser.«
»Ich werde mich hinlegen.«
Die Ordonnanz kam herein.
»Monsieur, hier sind Ihre Briefe und Ihre Zeitungen«, sagte er diensteifrig.
»Vielen Dank… Sie können gehen. So ein Rübenkopf«, sagte er zu Sengle.
»Ja, nicht schlecht«, gab Sengle schon dösend zur Antwort. Die Krankenpfleger haben zuvorkommenderweise den Leuchter aus eiförmigem Glas auf dem Nachttisch stehen lassen, und der blonde Kopf mit den sinnlichen Lippen und dem heftigen Kinn, zusammen indes fast weiblich, schwebte über dem Rascheln der auseinandergefalteten Zeitungen. Die Krankenpfleger sahen in ziemlich komischer respektvoller und neugieriger Betrachtung zu. Der eine brachte einen Spucknapf aus weißem Porzellan.
»Vielen Dank, aber ich spucke nicht viel.«
Sengle schlief vollends ein.
»Nicht wahr, er ist sehr lieb?« sagte Dricarpe zu ihm, als er die Augen schloß und dabei die zwei letzten Strahlen der Kerze und der herabhängenden Nachtlampe, unterer Grundstrich eines gigantischen goldenen R, wahrnahm.

X

MILITÄRSTUNDE

»Du wirst mir doch nicht weismachen wollen, daß du dich nicht arschficken läßt, mit deinem Schal um den Hals, Mademoiselle Tata!«
»Du kriegst gleich was aufs Maul.«
»Verkauf mich doch nicht für dumm, man braucht nur zu sehen, wie du gehst, ich werde dich selber in den Arsch ficken. Wir sind zwar nicht schön, aber ganz schön säuisch. Ein bißchen...« Eine Schlägerei, ein gezogenes Bajonett, mit dem gleichen Geräusch wie eine Pistole, die geladen wird; ein kleiner, blauer Krankenpfleger, der rückwärts auf Sengles Füße fällt; eine großer Körper darauf, Blut und Kotze.
Sengle wird wach, begreift nichts, ist angewidert, erinnert sich und fragt Dricarpe, der bei den ersten Schlägen wachgeworden ist und antwortet, weil er den unwahrscheinlichen Mord nicht gesehen hat:
»Wie spät ist es?«
»Zehn Uhr ist's genau vor einer Minute.«

XI

BIS ZU EINEM DATUM

Sengle hörte auf, aktiv zu sein, was für ihn darin bestand, darauf zu lauern, ob die übernatürliche Außenwelt sich darum kümmerte, ihm seine Werke zu konstruieren, und wurde sich infolge der Diskontinuität der Ereignisse, ohne andere als sukzessive Verbindung, die bis zu einem glücklichen Datum vorüberzogen, der Zeit bewußt. So sah der freie Sengle, wie ein Kind einen Bilderbogen von Epinal, später Militärparaden vorbeiziehen, und es war ihm angenehm, sich zu erinnern, selbst an eine schreckliche *Vergangenheit.*

Ein bestimmter Tag, eines Abends.

Ravachol, so genannt, weil er lesen konnte und von Zeit zu Zeit, mit einem einzigen Satz, eine sehr einfache anarchistische Idee darlegte, immer die gleiche. Nach einer sehr großen Anzahl von Dienstjahren hatte er sich in Tonkin die Syphilis geholt und ein Fieber, durch das er halbseitig gelähmt war. Er lag bereits im dritten Jahr im Lazarett und wartete auf die zwölfhundert Francs der Pension Nr. 1 wegen Kriegsverwundung. Die Verwaltung versuchte auf eine post-syphilitische Hemiplegie zu schließen oder doch zumindest die Beschlagnahme seiner Papiere und seine Ausweisung aus dem Hospital zu erreichen. Das passierte einmal: Ravichol blieb mit seinem Außenskelett komplizierter Krücken an einem Kilometerstein stehen, nahm sein Kepi ab und bettelte:
»Elsässer, in Tonkin verwundet...«
Ein Abgeordneter ließ ihn wieder einweisen.
Philippe gab Ravachol zwei Louisdor. Als alter Soldat herausgeputzt, ging er mit einem Krankenpfleger in ein Soldatenhaus;

und er versprach dem Krankenpfleger fünf Francs, damit er ihn auf die Frau lege, so wie er ihn im Zimmer der Fieberkranken auf sein Bett legte und auf Militärbefehle hin kräftig seine gelähmten Lenden bewegte.
Er kam sehr betrunken zurück und spielte Dame, worin er sehr beschlagen war, mit einem an Aphasie Leidenden. Da der an Aphasie Leidende verlor, versetzte er ihm einen Faustschlag; Ravachol nahm das Dame-Brett an einer Ecke und schlug zu; und ohne Krücken stürzte er infolge des Gewichts unter allgemeinem Gelächter hin.

Ein bestimmter Tag, eines Morgens.

Die beiden Stabsärzte kamen an Philippes Bett. Den höchsten Dienstgrad hatte der, der die wenigsten Ärztetitel hatte.
»Sind Sie sicher, daß er nicht schauspielert?« sagte er und zeigte auf Philippe. »Sie wissen, daß man sehr perfektionierte Apparate erfunden hat, um die tuberkulösen Auswürfe zu transportieren. Auf dem Boden eines dicken kurzen Reagenzglases. Eine Röhre reicht bis zum Boden. Man bläst durch ein anderes Rohr. Das Ganze kann man in der Hand verstecken. Man führt es zum Mund, und der Auswurf kommt heraus.«
„Herr Oberstabsarzt, haben Sie ihn auskultiert? Er hat hier links eine sehr pfeifende und rauschende Kaverne.«
»Da ist natürlich eine Kaverne«, sagte der höhere Dienstgrad, nachdem er gelauscht hatte, ohne daß es übrigens so aussah, als wisse er, an welchen Anzeichen man eine Kaverne erkennt. »Da ist ein richtiges Bazillennest drin. Ich wundere mich nicht mehr über seine Auswürfe. Man muß ihn punktieren, mit Sicherheit.«
»Verzeihung, Herr... ich meine Herr Oberstabsarzt«, sagte Philippe. »Ich habe diese Kaverne seit meinem zwölften Lebensjahr und ich weiß, daß der linke Lungenflügel gänzlich verloren ist; doch Doktor ***, der mich behandelt, hat mir gesagt, ich solle mich niemals punktieren lassen; die Kaverne ist verkap-

selt, und durch diese Operation würde sie wieder aufbrechen. Ich finde mich damit ab, daß ich nicht entlassen werde, aber ich will nicht, daß man mich umbringt.«
»Schon gut, schon gut, beruhigen Sie sich, man wird Ihnen nichts tun«, sagte der zweite Stabsarzt und gab ihm einen kleinen Klaps hinter den Kopf. »Kommen Sie, ich werde Sie ebenfalls abhorchen.«
»Was ist das für ein Soldat«, sagte der Oberstabsarzt, als er Philippe plötzlich ohnmächtig sah. »Na, haben Sie Ihre Kanüle gelegt?«
»Einwandfrei, aber ich muß die Spitze des Herzens berührt haben. Warum hat er sich bewegt, statt alles über sich ergehen zu lassen?«
»Es zwickt mich, ich ersticke«, sagte Philippe, als er wieder auf seinem Steiß saß.
»Aber wir punktieren Sie doch gar nicht«, sagte der Oberstabsarzt. »Das ist keine Spritze, das ist eine Sonde. Aber da das Loch schon einmal gemacht ist, lassen Sie sich davon befreien: damit ist die Kaverne jetzt erforscht...«
»Ich habe größeres Vertrauen zu meinem Arzt als zu Ihnen«, warf Philippe ein.
»Geben Sie acht, Sie riskieren mehr, wenn wir nicht weitermachen.«
»Also gut, wenn's sein muß«, sagte Philippe und preßte die Zähne zusammen, trotz der Zeichen Sengles, der ihm zuzischelte:
»Junger Dummkopf!«
Das quietschende Geräusch der kleinen Wechselpumpe, die Praktikanten bilden einen Kreis, die rote Flüssigkeit wird tropfenweise in das Fläschchen mit den drei Röhren, das der Krankenpfleger in der Hand hält, geträufelt.
Philippe sagt nichts mehr, sein Hemd über den Kopf geschlagen.
»So was, er brauchte gar nicht punktiert zu werden«, sagte der Oberstabsarzt.
»Vielleicht ist die Kanüle schlecht gelegt«, sagte der Stabsarzt.

»Egal, machen Sie weiter«, sagte er zum Krankenpfleger, »wir werden schon sehen, was am Ende herauskommt.«
»Nur Blut und Fleischfasern.«
»Macht nichts, dann hat er wenigstens mal einen anständigen Aderlaß bekommen«, sagte der Oberstabsarzt und rieb sich die Hände. »Es ist ein Fehler, daß man diese alte Praxis aufgibt, das hat noch nie jemandem geschadet.«
Sie gehen weg, Sengle beschimpft Philippe, gibt ihm alle Namen, während der Sanitätsgefreite auf den Einstich des keuchenden Rückens etwas Kollodium appliziert.

Ein bestimmter Tag, an einem Nachmittag.

Sie würfelten auf einer Bank, warfen den Spatzen Brot hin und organisierten unter dem Wind, der vor ihnen hertrudelte, einem Wasserbecken zu, Platanenblätterrennen. Dann erzählte Dricarpe seine Geschichten – oder seine eigene – weiter: »Es gibt Bettler, denen es überhaupt nichts ausmacht, geschnappt zu werden, weil sie in den Gefängnissen des Departements Seine *ihre Plätze haben.* Es macht ihnen nichts aus, zu sechs Monaten oder einem Jahr verurteilt zu werden. Sie haben angefangen mit einem Monat oder zwei und sind richtig süchtig geworden: sie wollen draußen nicht mehr arbeiten und gehen hausieren, wenn sie rauskommen, um einen Posten als Vorarbeiter zu bekommen bei den Pantoffeln (1 Franc 25 pro Tag) oder bei den Bällen, den Taschen usw. Oder in der Küche. Sie sind freier und haben fast nichts zu tun. Man steckt sie dorthin, weil sie (manche) weniger Geld verdienen. Fünf Zehntel sind für den Häftling und fünf für das Haus. Der Häftling mit fünf Zehntel hat fünf für die Kantine und fünf für den großen Haufen, wenn er rauskommt. Es gibt welche, die bekommen nur drei Zehntel oder vier Zehntel, jene, die mehr als ein Jahr haben und jene, die mehr als fünf Jahre haben.
Man macht sie zu Vorarbeitern, weil sie mehr Einfluß auf die Jungen haben und besser ihr Handwerk verstehen und den

Wärtern Spitzeldienste leisten und vor allem auch deshalb, weil sie soviel Gewinn auf die Ware haben, einen Sou für so und soviel tausend Tüten, oder vier Francs im Monat, oder zwei Centimes, oder auf fünfhundert fertiggestellte Lampions. Sie dürfen diese Gratifikation ausgeben, damit die Arbeit besser und schneller getan wird. Wenn sie arbeiteten, würden sie weniger verdienen. Und sie haben nur drei Zehntel. Die Gratifikation geht in die Kantine.

Die Arbeit der Krüppel in den Gefängnissen? Früher brauchten sie nicht zu arbeiten, ein Einarmiger arbeitete nicht. Man ließ ihn im Hof der Unbeschäftigten im Kreis herumlaufen. Man läßt sie *Säcke nähen* und Bündel mit Holzscheiten zum Feueranzünden machen. Oder Ordonnanzdienste, um die Glocken zu läuten oder zum Gerichtsschreiber, um die Personen zu rufen, die in den Werkstätten sind, damit sie zum Gerichtsschreiber gehen. Für die Alten ab sechzig oder für die, die schlecht klar sehen, findet man immer eine Arbeit, um sie zu beschäftigen, und sei es in Nanterre. Man steckt sie in den *Senat*, was darin besteht, die Papierabfälle des Hachette-Verlages auszusortieren, die farbigen und die weißen. Sie lassen sich dorthin schikken, weil sie nach dorthin eingeteilt sind, aber sie arbeiten da nicht. Platz gibt es nur für vier oder fünf und es sind bis zu achtzig. Sie können einen Monat warten, bevor sie arbeiten und sind vorher schon wieder weg.

Das Krankenrevier von Nanterre gehört zur öffentlichen Fürsorge. Es gibt sehr gute Ärzte... Die gibts. Die Kranken sind Alte, die schon halb abgekratzt sind. Geht man zur Untersuchung, gibt der Arzt vor allem Hunyadi-Janos oder Wismut, denn für Schwerkranke ist dort kein Platz und es sind die Faulenzer, die dort sind. Für achtzig braucht der Arzt zehn Minuten. Gibt denen, die in Behandlung sind, Feuerspitzen oder Schröpfköpfe. Zu einem Durchfall:

Geben Sie ihm einen Tag Ruhe, lassen Sie ihn im Schlafsaal, damit er sich nicht erkältet.

Den an Bronchitis Erkrankten gibt er ein Glas kalten Tee. Wenn ein anderer Bäcker kommt, ist das Brot gut, aber nicht besser

als in den Gefängnissen und schlechter als das Kommisbrot. Aus dem Teig werden Männchen gemacht. Der geflochtene Korb für die Ausstellung.
Ich werde Ihnen noch von den Blumenverkäuferinnen erzählen, von den jungen Mädchen, die so tun, als verkauften sie am Abend Blumen aus der Hand, aber eher auf den Strich gehen, am Olympia, in der Rue de Sèze, am Rond-point…

…Nosocomes Besuch erzählt vom Barras:
Bereitschaftsdienst. Feuer!
Nosocome war vor sechs Tagen vom Erholungsurlaub zurückgekommen. Sich einen Ersatzmann zu mieten, um ausgehen zu können, hatte man ihm abgelehnt. Im Arbeitsdrillich hinter der Feuerspritze bricht er mit seinem Zug auf.
Der Brand wie alle Brände. Es gibt eine eiserne Fassade, die nicht brennt, sondern nur heiß wird, über die man hinaufklettern kann, um die Feuerspritze höher zu tragen und Gegenstände zu retten. Nosocome klettert als erster und nach einigen Metern wird er von einem Balken umgehauen. Die Wunden seines Arms und seines Fußes, für die er zwei Monate lang gelegen hatte, gingen wieder auf bei der Anstrengung von vor dem Fall. Aber was soll's, er klettert wieder hinauf, und die Offiziere beobachten ihn sehr sorgfältig.
»Es besteht keine Gefahr mehr«, sagte der Offizier des ersten Zugs. »Wir werden sie ein bißchen ins Manöver führen, das Messefeld ist nicht weit. Sie haben keine Waffen, also werden wir sie boxen lassen. Der andere Zug, der in Felduniform ist, wird beim Marschieren feuern.«
»Wir werden aber einige hier lassen«, sagte Oberleutnant Vensuet, »um das Feuer zu bewachen, dabei können sie sich ausruhen. Sie haben es nötig. Oder besser, wir schicken die Fußkranken in die Kaserne zurück und die andern machen kehrt.«
»Was ist mit diesem langen Teufelsbraten, der sich ihnen anschließen will? Verdammte Arschgeige von einem Schützen, wollen Sie wohl dableiben und auf Ihre Kameraden warten, um ins Manöver zu ziehen!«

»Er hat gut gearbeitet, dieser Soldat«, sagte darauf der Bauer, bei dem es gebrannt hatte. »Er hat sich verletzt und hat überall geblutet.«
»Das ist Nosocome«, sagte Vensuet, »ich erkenne ihn jetzt.«
»Ach so, Nosocome ist's«, sagte der erste Oberleutnant, »das ist was anderes, der braucht sich nicht auszuruhen, der wird bei uns bleiben. Antreten, richt euch. Halten Sie Vordermann, Nosocome, Sie verdammter Depp. Augen gerade aus. Rechtsum kehrt...«

BIS ZU EINEM DATUM

Eine bestimmte Nacht.

Die Ordonnanz mit dem Rübenkopf wurde Opfer eines lustigen Spaßes. Da er zwei oder drei Tage wegen »Gliederschmerzen«, die er sich, wie der Oberstabsarzt väterlich sagte, geholt hatte, »als er an eine Wand pißte?«, keine Lust zur Arbeit hatte, schlief er den ganzen Tag oder riß neben Philippe, der nie aufstand, unter lautem Lachen Witze. Da Philippes Tuberkulose als »typhusartig« diagnostiziert worden war, packten ihn die Krankenpfleger stündlich, zogen ihn nackt aus und warfen ihn in eine eisige Badewanne an seinem Bett. Bei dem rhythmischen Geheul nachts drehten sich die Kranken um, riesige Schmiede oder Bauern, marschierten dann zu seinem Bett mit der Drohung, ihm die Fresse vollzuhauen. Schließlich legte man ihn in ein Einzelzimmer am Ende des großen Saals, wo er keinen anderen Nachbarn hatte als einen Normannen, von dem man glaubte, er sei ein Simulant, weil sein linker Arm seit zwei Tagen infolge einer ungeschickten Ätherspritze, die ihm ein Praktikant verpaßt hatte, lahm war. Und die üblichen Schreie Philippes konnte man zeitweise als Geläut oder Glocken erraten. Dann ging es ihm besser, und er fand es lustiger, daß man ihm zugestand, in den großen Saal zurückgebracht zu werden, wo die lachende Ordonnanz immer noch schlief.

Am Tag vor dem Abenteuer winkte der kleine Tuberkulöse den Feldgeistlichen heran, der seine Runde machte und schnell mit den doppelgesichtigen priesterlichen Meßgewändern zurückkam, die er hastig anzog, ohne daß man darauf achtete. Er nahm die Beichte ab, wobei er ganz allein sprach, drehte die Farben der diskreten Meßgewänder und der heimlichen Stolen um, gab dem Kranken die Kommunion. Nach der Nacht ging es diesem sehr gut, dank vierzig Gramm Alkohol, ein Geschenk des Oberstabsarztes, und aufgemöbelt vom Versprechen sehr langer Urlaube. Dann war er plötzlich ganz blaß, keuchte in einem Halbkreis von Gaffern, die von den Spieltischen herbeigeeilt waren, zu den Bewegungen seiner Rippen. Der Rübenkopf döste mit weit offenem Mund. Und plötzlich wurde der Mitbürger ganz gelb, mit einer Grimasse geschminkt, und der Rübenkopf sprang im Hemd auf und rannte brüllend durch die Säle, über die Treppe und durch den Garten. Soldaten kamen mit einer Nullachtfuffzehn-Bahre, und zwei Tage später wiederholte sich das Gegaffe vor den Scheiben des Vorlesungssaals. Zum ersten Mal wurde Sengle bewußt, daß er in einem traditionellen Lazarett war.

XII

ES GIBT NUR EINEN GERECHTEN IN SODOM

Der Stabsarzt, der ausnahmsweise ein Gelehrter war, für sich arbeitete, überhaupt nicht Soldat und nicht allzusehr *Arzt*, schlug Sengle zur Ausmusterung vor, nachdem er im Saal den Dienst zu einem Zeitpunkt übernommen hatte, als Sengle nicht mehr *sichtbar* krank war, weil er begriff, daß er vor Heimweh starb – obgleich dieser Fall in den Büchern der Stabsärzte nicht vorgesehen ist.
Er schlug Dricarpe vor, der »zum Glück« krank genug war, daß ihn die Vorschrift dazu berechtigte (man ist bei der Ausmusterung von Soldaten aus der Strafkompanie strenger), und rettete ihn vor künftigen Straflagern.
Er hatte auch Philippe vorschlagen wollen und war der einzige, der erkannte, daß er wirklich krank war, während sein Vorgesetzter in der Hierarchie es vorzog, ihn zum Sterben anderswo hinzuschicken, damit seinem Lazarett nicht die Schuld zufiel.
Er plauderte mit Sengle, gab ihm ausgezeichnete und intelligente Ratschläge für seine Hygiene im Zivilleben, und sie sprachen miteinander über die Militärärzte.
»Ich bin entsetzt«, sagte der Stabsarzt, »über die Unwissenheit der Assistenzärzte und ihre Dummheit. Sie hatten schlecht gesehen, es war ein Assistenzarzt, der mit seinem Trokar die Spitze von Philippes Herz berührte.
Größere Nullen noch als die größten Nullen unter den Zivilärzten, werden sie in Kleinstädten in einer einzigen Minute zahllose Menschenleben auslöschen. Sie wäre so schön, die Rolle des Stabsarztes, dieses einzigen Sicherheitsventils in diesem Höllenkessel der Armee, der unter der Revolte der Intelligenten – oder der gefolterten Kranken – auseinanderbersten wird, wenn man sie nicht freiläßt. Wenn der Militarismus fortbesteht, sollte der Staat die zwei oder drei großen Ärzte, deren er sich rühmen darf, zu Millionären machen, um sie für die sagenhafte Aufgabe zu belohnen, die er ihnen und ihren Schülern anver-

trauen würde, über das Leben der Intelligenz – vor der Armee und während der Armee – zu entscheiden. Denn nur die Intellektuellen laufen Gefahr, in der Armee umzukommen. Und die augenblicklichen Schulmeister und Henker würde man ins Zuchthaus schicken oder Gerichtsdiener oder Abortleerer aus ihnen machen. Ich zittere schon jetzt bei dem Gedanken, daß mein Sohn ihnen in die Finger fallen wird...«
»Werden Sie ihn ausmustern?« sagte Sengle.
Der Stabsarzt sprach von was anderem.

XIII

LETZTE VISAGEN

Am Tag vor der Ausmusterung.
»Na, Sengle«, sagte der Stabsarzt zu ihm, »morgen ist es soweit. Sie haben kein trockenes Haar? Machen Sie einen Gang in den Garten, versuchen Sie genug vom Blau des Himmels einzuatmen, damit an Ihren Augenlidern und Ihren Fingern etwas davon hängenbleibt.«
Sengle ging an verschiedenen kranken Offizieren vorbei, die keinen Gruß verlangten, da sie auf die Schilder ihrer Allee vertrauten: *Es wird gebeten sich nicht aufzuregen,* usw. Und er machte einen Gang durch das Rundbecken. Es fielen keine Blätter mehr hinein, und alle die, die hineingefallen waren, waren untergegangen. Ihr eingeebneter Haufe ging bis unter die Oberfläche, und es gab nur noch einen großen Teppich in Form von etwas nassem purpurrotem Samt. Die Goldfische schwammen an der Peripherie, die Hälfte des Körpers aus dem Wasser, wie auf den Stichen; sie drehten eine ganze Runde vor Sengle, ein dicker an der Spitze; und da sie bei dieser schon hundertmal wiederholten Exploration kein Wasser gefunden hatten, das nicht vom Blut der Blätter vergiftet war, schwammen sie weiter, wie im Schritt, mit dem keuchenden links-zwei-drei-vier ihrer militärischen Kiemen.
Eine der kleinen krapproten Hosen, die Schnauze im Fall des Hauptstrahls, trank das Leben – und Sengle die Stunde – an der einsamen Wasseruhr.

Buch V
LIEBLINGSSISYPHUS

Hélène Suasse, von den Ärzten aufgegeben und im Todeskampf... erbrach eine zweiköpfige Schlange.

Votivtafel in der Basilika von Sainte-Anne.

I

EIN WENIG GOTTESLÄSTERUNG

Sengle war katholisch und beichtete – in Abständen – bei einem jungen Priester, den zu finden er große Mühe gehabt hatte und der fast ein für alle Mal seine Sünden guthieß – da im Sinne seiner Natur und als solche (wenn es nicht empörend wäre, auf diese Weise Sünden zu beurteilen) Gott entgegen strebend. Jene, deren Intelligenz und deren Körper erwählt sind, lassen sich, außer bei unvorhergesehener Störung, hineinziehen in die Schwerkraft ihrer Handlungen um ihre innere Synthese herum, und gehorchen allen Vorschriften der zehn Gebote, da sie in Gott sich selber respektieren. Die altruistischen Gebote: »Laß dich nicht gelüsten…« sind aristokratische Formeln der Vereinsamung. »Du sollst den Namen des Herrn, deines Gottes, nicht mißbrauchen« ist die einzige Höflichkeit, die man gelten lassen kann; es ist lächerlich, auf seinen Spiegel zu spucken, selbst wenn man ihn durch einen vergrößernden Zwicker betrachtet. Die Werke des Fleisches sind nur mit Ebenbürtigen nicht abstoßend; und in der Tat ist es nur die Hurerei, die Moses verbot.

Und um in der Symmetrie der Außenwelt das Paradoxon seiner nonkonformistischen Freiheit zu kompensieren, ließ sich Sengle auf einer der Tafeln des Triptychons der Beichte dazu herab, sich hinzuknien, obgleich im Hauptschilderhaus ein Militärpriester lauerte.

Und die Beichte war wie jede Beichte, mit diesem Amüsement, daß der Priester zu der üblichen Soldateska zu sprechen glaubte und ihn zuerst über Besäufnisse, Puffs und Flüche ausfragte.

»Nein«, gab Sengle auf die Fragen schlicht zur Antwort, dann klagte er sich einiger Punkte an, die er sich knapp zu erklären die Mühe machte; und schließlich empfing er die Formel, für die der alte priesterliche Zouave nur der Vermittler war.

Nach den akzeptierten möglichen Morden und all dem für die

Flucht zu sich selber Notwendigen hatte Sengle nicht vorausgesehen, daß es vollständiger wäre, bei der Umwertung von allem, mit dem Absatz, allerdings nicht allzu direkt, auch Gott zurückzustoßen. Nach dem *Consummatum est* als letztes Losungswort des Soldaten würde man ihm sein freies Menschsein zurückgeben.

Der Feldgeistliche, der ein wenig begriff und es in seiner verwirrten Seele würdigte, daß er mit einem Intelligenten gesprochen hatte, der morgen jemand Bedeutendes und nicht mehr nur Mensch sein würde, fragte ihn, einfach vielleicht gemäß dem üblichen Adieu beim sukzessiven Laufenlassen seiner gefangenen Schäfchen, nach seiner Gesundheit, wollte Einzelheiten wissen.

Sengle erzählte entschlossen und *ehrlich* von den nosologischen Leiden, seinem von verschiedenen Ärzten bestätigten anatomisch merkwürdigen Herzen, und von der ganzen Wahrheit gemäß den Attesten und dem Innern des Lazaretts.

Am Morgen kam er der notwendigen Gotteslästerung nach.

Dom ***, bei dem er sich später beschuldigte oder rühmte, urteilte:

»Die Gebote wären ungeheuerlich, verlangten sie von einem komplizierten Selbst sich dem anzuvertrauen, der dessen nicht würdig ist. Christus sprach in seinen Gleichnissen entsprechend dem augenblicklichen Verständnis der Völker. Und man muß Masse werden, um die Masse zu unterhalten – außer im Kunstwerk, das sie nicht beachtet.«

II

MYTHOLOGIEN

Sengle nahm seinen Spiegel und las darin die Geschichte des Sisyphus wieder.

Der Berg war sehr sorgfältig konstruiert:
In Form eines Tetraeders oder einer aus drei zusammengefügten Treppen hervorgegangenen Pyramide, deren Stufen nach einem sicheren Gesetz umso höher erscheinen, je schmaler sie zur Spitze hin werden.
Und der Ewige der Heere überreichte Herrn Sisyphus den schicksalhaften Felsen, ungeschliffen wegen sovieler Unebenheiten, daß man ihn besser nur mit einer vollkommen glatten Kugel vergleichen konnte.
Und der Ewige belehrte ihn und sagte:
»Also, für dich allein habe ich erlaubt, daß der Diamant gemäß neuer Spaltflächen in Form einer Kugel geschliffen werden kann
»Weil er so, da unendlich hart, von unendlicher Elastizität sein wird
»Und wenn du zwei, drei oder vier Stufen der Pyramide hinaufgestiegen sein wirst
»Mit dieser Kugel in den Händen und sie dir wegen ihrer Schlüpfrigkeit aus den Fingern rutscht, denn sie ist sehr schwer,
»Wird sie von den roten Porphyrstufen abprallen und in einer geometrisch zwei-, vier- oder achtmal zunehmenden Entfernung durch die Türkisebene springen.
»Und es wird völlig unmöglich sein, daß du sie zum Gipfel trägst.
»Deshalb mache ich es dir zur Aufgabe (bei Todesstrafe, und einer meiner Engel, der je höher du kommst immer bedeutender wird und dessen Macht dem Aufeinandersetzen mehrerer goldener Stufen gleichen wird, hat darauf zu achten, daß du

keinen Augenblick stehenbleibst), die Diamantkugel in die Gipfelschale der Porphyr-Pyramide zu tragen;

»Und aus Angst, du könntest dich erzürnen und Hals über Kopf nach oben klettern wie ein Wesen ohne Verstand, erbittert wie ein Mensch, der bis zum Tod das Stehaufmännchen spielt und den Schultern des Pfahls nie einen Kopf aufsetzt;

»So: ich binde dir eine Eisenkugel an jedes Bein, damit du nicht so schnell gehen kannst und es nicht so ermüdend ist, dich anzuschauen;

»Und du, richte deinen Willen auf ein einziges Ziel, das in die Richtung des Gipfels dieses Berges geht;

»Nachdem man dir den Kopf rasiert und dich als Zuchthäusler gekleidet hat; denn ich will keinesfalls die Intelligenz vernichten; und außerdem wünsche ich nicht zu wissen, ob du eine hast.

»Und damit man meine Macht erkennt, lasse ich zu, daß das Volk dich zweimal täglich besuchen kommt, ich meine, jene, die Verstand haben, die dicken und satten Menschen, die Dienstmädchen und die kleinen Kinder.

»Und gerade die Kinder werden dich sehr schön finden und du wirst sehr stolz sein, und sie werden alle wünschen, dir gleich zu sein, zumindest, bis sie im urteilsfähigen Alter sind.

»Und ich werde dir alle Tage, wenn du dein Pater aufsagst, ein Stück geschimmeltes Brot geben,

»Und ich werde dir auch die Ruhe geben, wenn du endlich deine Kugel hinaufgeschafft hast

»Wie eine Schnecke einen Haufen Scheiße fortrollt.

»Und damit du Freude an dieser Arbeit hast, ist dir erlaubt und sogar ausdrücklich empfohlen, während dieser zugestandenen Ruhe

»Deinen Diamanten mit den Skrupeln einer sanften Bürste zu polieren (es ist ein alter Karaffenstöpsel, er braucht regelmäßige Pflege) sowie mit allem, was dir zu diesem Gebrauch zu erwerben gut scheint, wobei du unkontrolliert von deinem Geld ausgeben darfst, soviel du willst;

»Und indem du dies tust, wirst du den Müßiggang fliehen und

Schlaf und wirst dir sagen, daß du ein Märtyrer bist oder eigentlich ist es mir lieber, wenn du deine Aufgabe erledigst, ohne überhaupt zu denken oder zu sprechen, jedoch mit umso größerer Sorgfalt
»Wie ich diesen Berg gebaut habe.«

Und Herr Sisyphus, der ein sehr weiser Mann war, befolgte alle diese Obedienzen buchstabengetreu.

Nach einem halben Jahrzehnt kam der Ewige der Heere wie eine wilde Spinne herab, da er sich fragte, wozu die Arbeit des Herrn Sisyphus während der abgelaufenen fünf Jahre eigentlich dienen mochte. Sein Vater, das Schicksal, hatte ihm gesagt, daß diese Diamantkugel das Symbol des Kugelblitzes sei, den man den Riesen, wenn sie den Himmel wieder angreifen wollten, auf den Kopf rollen lassen wird. Doch der Ewige wußte ganz genau, daß bei einer Neuauflage dieser Sintflut Herr Sisyphus seinen Karaffenstöpsel würde fallen lassen und Zeit damit zubrächte, zuzusehen, wie die Engel, an den Stufen hängend gleich Domestiken an einem Wagen, niedergemetzelt werden. Und überhaupt, wie soll man einen Riesen mit einem Karaffenstöpsel enthirnen? – Warum hatte er nicht früher daran gedacht? Der Ewige der Heere würde längs seines Porphyrbergs, bestehend aus dem Körper einer riesigen, vertrockneten Wespe, nachdem zuvor die zarte Haut geleert wurde, den Wagen einer Berg-und Talbahn aufstellen, und sich dazu die (nützlich) ungenützte und wohlwollende Kraft des Herrn Sisyphus zunutze machen und so etwas Geld eintreiben.
Und er eilte fort, feierlich indes immer; und die Domestiken-Engel bliesen in die Trompeten, und jene, die am höchsten saßen, bliesen mit größerem Respekt in die Trompete, lauter also, und so hörte der Ewige, da die Perspektive des beobachteten Tons gewahrt blieb, die Trompeten nur in gleichmäßiger Lautstärke, als ob ein einziges Stockwerk von Domestiken in die Trompeten geblasen hätte.

Und die Danaiden, während undenklicher Zeit auf der anderen Seite von Herrn Sisyphus' Kamin, wollten auf ihrem traditionellen Faß trommeln; doch es war schon zu lange durchlöchert (diese Erklärung ist übrigens absurd, sagten sie sich; denn eine Trompete tönt, weil sie von einem Ende zum andern durchbohrt ist; und wäre unserem Faß nicht der Boden eingeschlagen, es wäre folglich noch unmöglicher, einen Ton herauszuholen. Und der Ewige der Heere wird nichts zu trinken haben).

Als der Ewige der Heere nähergekommen war, um zum Porphyrberg zu marschieren, war er krank. Denn die Diamantkugel, zu einem wirklichen Diamanten geworden, glänzte auf dem Berg zervikal in der Sonne, und Herr Sisyphus ruhte sich für einen beachtlichen Wert auf dem unzugänglichen Berg aus. Und der Ewige öffnete den Mund und Herr Sisyphus ebenfalls, und der Ewige lauschte, und Herr Sisyphus sprach also:

»Lieber Meister,

Du hast alle Dinge erschaffen, Darwin und dieses Gesetz, daß die Funktion das Organ macht oder es weiterentwickelt, falls es schon existiert, die körperlichen Übungen, das Training und Choppy Warburton.
Du hast mir eine Diamantkugel in die Hände gelegt, die so schwer ist, daß meine müden Hände sie nach einigen Sekunden fallen lassen mußten; und da ihre Masse nach einem sehr schönen Gesetz im Fall zunahm, mußte ich hinterherlaufen und weiter weg meine Arbeit von vorn beginnen. Das ist sehr schön.
Doch in meinen Händen blieb das Gewicht dieser Kugel unveränderlich und da ich mich – um Dir zu dienen – diesem hygienischen Sport hingab, wuchs die Kraft meiner Muskeln durch das Training, und die Kugel wurde nicht schwerer. Gewissermaßen wie das Quadrat der Geschwindigkeit mußte auch meine Fähigkeit wachsen, die Kugel in die Schale zu schaffen, wie du mir befohlen hattest.

Es wäre prächtig hinzuzufügen, daß das Gewicht der Kugel sogar dann, wenn ich mich dem Gipfel näherte und mich von der Erde entfernte, deutlich geringer wurde, denn Dein Berg ist sehr hoch.
Nachdem meine Aufgabe erledigt ist, verläßt eine Attraktion Deine Hölle, und Du bist nicht mehr der Ewige der Heere; doch Du weißt, daß er nur durch eine Fehlinterpretation des Wortes *Sabaoth* geschaffen worden ist; und das wiegt genauso schwer«, sagte im Weggehen Herr Sisyphus.

Und den Berg gibt es noch: man zeigt ihn den Touristen, er heißt der Peter-Stiefel, in der Ile-de-France, und es gibt ein Modell davon, am Ende des Pont-des-Arts, mit Steinlöwen drum herum. Hätte Herr Sisyphus am Ende seine Kugel nicht »hingelegt«, der Ewige hätte das Perpetuum mobile erschaffen, und das ist etwas sehr Beachtliches; seitdem sucht er andere Erfindungen, um mit dem Menschen eine Maschine herzustellen, die lange dauert oder ein Jahrhundert mindestens; er macht viele Versuche und hat noch nichts gefunden, was er vorzeigen kann. Deshalb fängt er immer wieder von vorne an – der einzige wahre Sisyphus.

Wie die Scham auf seiner Stirn die breiteren Augenlider seiner Hände schließt, so klappte Sengle auf dem Spiegel die Holzflügel des Triptychons zu.

III

DER SCHMELZ DER PUPPEN

Zweieinhalb Jahre danach ging Sengle mit Nosocome in die Kinderklinik. Er hatte wie sein Kamerad einen langen Assistenzarztkittel aus weißem Leinen an, einer Drillichjacke ähnlich; und sie gingen zuerst in Nosocomes Saal, an Treppenbiegungen von Krankenschwestern belästigt. In allen Betten starrten kleine Mädchen vor sich hin, wie es zur wichtigsten Übung der Kranken gehört; und in einem zentralen Bett lag eine große Puppe, eher noch größer als die kleinen Mädchen, die einzige, die den Besuchern mit intelligentem Blick folgte, zumindest wie ein Porträt.

In einem Saal für kleine Jungens nahm Sengle ein Operationsmesser und Nosocome fragte die Krankenschwester, ob sie einen Kranken hätte, dessen Haut sich *schuppe.* Sie ließ die rechte Seite am Bett eines kleinen, vierjährigen Jungen herunter, schlug die Decke zurück und hob das Hemd hoch. Als Sengle ihm das Operationsmesser auf den Bauch legte:

»Sie werden mir wehtun, Monsieur«, sagte der Kleine, Bildern anderswo folgend, in seinem durchsichtigen Kopf.

Nosocome sagte einige gute, banale Worte, und Sengle begann mit Barbiergebärden die kleinen Strohschuppen auf der rechten Seite des Bauches, zur Leiste hin, zu rasieren und sammelte sie in einen Briefumschlag.

Die Krankenschwester öffnete das andere Eisengitter des geschmiedeten Bettes, und man sammelte auch die linken Schuppen.

»Wissen Sie, Madame«, sagte Nosocome, »es ist nicht nötig, daß Sie dem Chef sagen, daß der fremde Herr Doktor Schuppen gesammelt hat; es ist wegen wissenschaftlicher Untersuchungen über den Scharlachbazillus, die nicht ruchbar werden dürfen.«

Sengle kniff mit seinen schuppengepuderten Fingernägeln der Krankenschwester in einer vergewaltigungsähnlichen Gebärde in die Brust; sie lachte und verstand nichts. Dann gingen sie weg, nachdem sie sich die Hände gewaschen hatten.

IV

DIE GESPRÄCHE DER HASCHISCHRAUCHER

Pyast und Herreb ließen sich im Türkensitz rings um Nosocomes Studierzimmer nieder; Sengle legte sich in eine Ecke, hinter den Tisch. Auf dem Sockel des Marsyas, der seinen Marmor über die gegenseitig vergewaltigten Geschlechtsteile seiner inneren Organe schob, wie die aufeinanderfolgenden Locken eines Haars, rauchte die Räucherpfanne, je nach Weihrauch, Benzoe, Styrax, dann Myrrhe schwarz, dann rot; und die Düfte bauten einen Zylinder aus dem gesamten Zentrum des Raums, wobei ihre Wellen am Eingang zum winkligen Asyl Sengles erstarben.
Auf einem Sofa lag ein Mädchen mit einem Hund.
»Hier ist Akem«, sagte Nosocome und verabreichte dem polnischen Dichter Pyast, dem deutschen Philosophen Herreb und Sengle Haschischpillen.
Man wartete eine Stunde, bis Nosocome aufsprang, schrie, er wolle in seinem Hause weder Hure noch Hund, vor allem aber keinen Hurenhund, das Tier und die Nutte zur Tür schleifte, und die Gespräche begannen.

NOSOCOME

»In achtzehnhundert... achtzehnhunderttausend... Äser... wundert Milliarden Gläser...

PYAST

Hundert Killiarden Uhrengläser.

NOSOCOME

Ein Elefant in einer Uhr! Bist du dumm... vier Elefanten in einem Uhrenglas.

PYAST

»Ein Tor findet immer ein Florett...«

NOSOCOME

Der Floh bleibt an der Ecke des Boulevard Saint-Michel.

PYAST

Und der Boulevard Haussmann will ihn als Muster mitnehmen.

NOSOCOME

Er hält das für Flaschenglas. Der hat ganz schön Gas. Ein freier Vers pro Muster.

PYAST

Er braucht keine Flasche, da er sich mit freien Fersen purgiert.

NOSOCOME

Sowas ist doch blöd, das hats noch nie gegeben.

PYAST

So'n Blödmann.

NOSOCOME

Das Hunyadi-Janos-Wasser ist kein Flanell.

PYAST

Mit dem Flanell ist es wie mit dem Horn an den Füßen, man trägt es nicht mehr.

NOSOCOME

Von morgen an trägst du Flanell.

PYAST

Von morgen an? Wir kommen doch nie aus dem Heute heraus.

NOSOCOME

Hast du den Zusammenhang von Ursache und Wirkung? Du legst deinen Kopf in die Hände.

PYAST

Erklären wir uns im Paris der Wörter.

NOSOCOME

Die Basis ist die Flamme. Und du bist mitten im Schatten oder im Licht.

PYAST

Ich bin mitten in was? In zwei- oder dreihundert Jahren vielleicht.

NOSOCOME

Deinesgleichen ist natürlich.

PYAST

Ich muß es wiederfinden.

HERREB

Wie wärs, wenn wir es bekanntmachen würden?

NOSOCOME

Ich glaube, du sprachst von der Flamme? Du warst im Wasser.

HERREB

Dringst du in zwei Dinge gleichzeitig ein?

PYAST

In der Mitte, mit zwei Papierreifen... glaube ich... In der Mitte, mit...

NOSOCOME

Nach-ein-an-der.

HERREB

Er hat es wiedergefunden.

PYAST

Ich habe es fallen lassen. Es saß in Richtung zu den Feldern, drehte also der Straße den Rücken zu.

NOSOCOME

Aber wenn du in der Mitte warst, konntest du es doch nicht voraussehen.

PYAST

Es gibt Schemen, die nicht kurvenreich sein können.

NOSOCOME

Seit fünfzehn Jahren schon erklärst du mir etwas.

PYAST

Seit fünfzehn Jahren?...

NOSOCOME

Willst du mir etwas beweisen?

PYAST

Kahne Spor.

NOSOCOME

Sag mal, könntest du in deinem Schmuggelgut deine Wörter nicht beschneiden?

PYAST

Die Moral Polens...

HERREB

Die Marille Polens...

NOSOCOME

Es fehlt nicht viel und du hättest es lebe Polen gerufen...

PYAST

Du bist ein russischer Fuß, ein Fuß und ein halber.

NOSOCOME

Nimm das zurück.

PYAST

Ich nehme es halb zurück und es bleibt dir noch dreiviertel Fuß. Haha! Ich habe ihm dreiviertel Fuß weggenommen. Du bist ein Fuß und ein Hühnerauge am Fuß, also bist du eine Lochkoralle, eine Lochkralle, ein Krallenfuß. Schlußfolgerung, du begreifst nicht, du bist ein Hühneraugenfuß.

HERREB

Es gibt fünf Leichen an jedem Fuß!

PYAST

Du bist ein zerebraler Denunziant. Du hast den Obelisken in einem kleinen Finger und ein Horn am Fuß. Das Ebonit in einem kleinen Finger…

HERREB

Was?

PYAST

Das A-qua benite. Der Heilige Geist ist kein Fisch, deshalb schwimmt er in geweihtem Wasser. Der Heilige Geist ist ein Goldfisch. Die Eleganz ist ein Fortschritt. Von hinten nach vorn.

HERREB

Ist die Eleganz pederastisch?

NOSOCOME

Das heißt Richtung vorn hinten.

PYAST

Was ist denn sein allgemeines Wahlrecht? Das allgemeine Wahlrecht ist das, wo man einen Sou jeden Tag hinlegt, um seine Zeitung vom Tag zu bekommen. Es gibt die *Zeit* und die Zeitung der *Tag*. Das sind zwei Zeitungen vom Tag.

HERREB

Und wieviel Zeit?

NOSOCOME

Wie kann sie etwas viel Größeres bemerken? Sie wurde zerkrammt.

PYAST

Wenn du einen Balken in deinem Auge hättest…

NOSOCOME

Man weiß, daß es auf die Größe des Balkens ankommt.

PYAST

Erscheint dir das selbstverständlich? Glaubst du nicht an die Selbstverständlichkeit des Balkens im Auge? Man kann den gedruckten Buchstaben nicht ändern.

NOSOCOME

Sie wurde zerkrammt.«

Die Reden folgten einander mit übertriebener Geschwindigkeit, unterbrochen von nicht berechenbaren Stillen, da die Assassine oder Haschischfresser keinen Zeitbegriff haben, wahrscheinlich wegen der Vielzahl der Bilder, und weil sie, reich an Milliardenjahren, ohne Pose mit dreihundert Jahren die Minuten und die Sekunden bezahlen. Sie haben keinen Entfernungsbegriff mehr, da die *Anpassung* nur mehr mit einem Cinematographenzittern erfolgt, und sie brauchen einen Periplus, um ihre Hand auf der Lehne ihres Sessels landen zu lassen. Es entstand ein Schweigen nach Nosocomes Schlußfolgerung, die aus einem erfundenen oder abgeschafften Wort bestand, offenkundig unverständlich übrigens. Die Vier waren fast noch klar bei Verstand, Sengle, in seiner Ecke geschützter vor den Düften, lauschte und notierte, und man probierte Kunstgriffe aus, um sich noch mehr Halluzinationen zu verschaffen.

Die Alkoholflamme unter der Räucherpfanne war erloschen, das Feuer bedeckt, und Nosocome begann in der Dunkelheit auf schwankendem Fußboden einen rhythmischen Lauf auf der Stelle.

Man hörte genau das Geräusch eines Zuges, das Aneinanderstoßen von Puffern, Zischen und Pfiffe (in allen Variétés bekannte Nachahmung) und folgende Worte wurden gewechselt:

»Augustine! Augustine!... Wo gehst du hin? wo gehst du hin?«

»Nach Paris, nach Paris.«

Eine rote Scheibe erschien, die Zigarre Nosocomes.

»Der Geruch des Rauchs stört Sie doch nicht, Madame?«

»Entsetzlich, die beiden Züge werden sich begegnen!«

»Paris, alles aussteigen«, sagte der Ministrel-Neger grüßend und legte seine Zigarre weg.

Sengle erinnert sich trotz der Suggestion nicht mehr an den ersten Militärwaggon nach Halluin und Menin. Sein Zug fährt Mondländer hinauf.

Eine andere vorsätzliche Halluzination: Im Raum nebenan: »Hört die Totenmesse.

NOSOCOME

Die Füße voran. Tretet ein.

PYAST

Seine Füße sind vor ihm angekommen.

NOSOCOME

Er hat Fleisch, das nicht frisch riecht.«

Es wird wieder Licht gemacht, doch das Haschischland ist jetzt im Zimmer, vom Mondzug mitgebracht. Die Luft ist reines Glyzerin, und so wie auf Landkarten die Erdteile eingekreist werden, ist der ganze Körper Sengles und der drei andern von einem zwölf Zentimeter dicken Fluidum umgeben, zuerst loïe-fuller, dann dunkelviolett. Sengle merkt es daran, daß das Herannahen der Gebärden schmerzlich auf seine Sensibilität trifft, die sich vergegenständlicht.
Herreb, der allein durch die Tür schritt, um den Totenzug darzustellen, hat wegen der Dicke der dunklen Schicht ein ganz graues Gesicht. Er stützt sich auf einen Stock, hebt ihn dann waagrecht hoch, die Hände an beiden Enden.

HERREB

»Erhängt euch.

NOSOCOME

Der Gendarmeriemajor.

PYAST

In den Graben. Eine falsche Situation.

NOSOCOME

Turnen Sie am Reck?

PYAST

Er begradigt das Hühnerauge an den Füßen. Das Hühnerauge an den Füßen ist ein Nagel, der marschiert.

NOSOCOME

Er macht allgemeine Paralyse.

PYAST

Die Macht der allgemeinen Paralyse.«

Herreb, seinen Balken schwingend, der riesengroß ist, bekleidet mit seinem Sternenhof, geht auf Sengle zu. Sengle hebt beim Berührungsschmerz mit seinem eigenen Lichthof beide Arme, führt sie zum Kopf und schleudert seine gespreizten Finger in Richtung auf Herrebs Augen.

HERREB

»Oh! die Nägel! die grünen Nägel! sie durchdringen mich...

PYAST

Sie haben einen Nagel in der Fußsohle. Es ist auch die Sohle des Heils. Mit deinem Stock bist du der Mann der Wälder. Wenn du der Mann der Wälder bist, bist du auch der Mann der Bretter, ein Getösemann der Wälder, dawäla.

NOSOCOME

Ein Kiosk, wo er bellellt.

PYAST, *gestikulierend.*

Mann mit dem Baum, kommen Sie her und machen Sie Bäume mit mir, im Baumsaal.

NOSOCOME

Vier Waldmänner und ein Waldgefreiter.

PYAST

Haha! Ein Waldgefreiter! Das ist im besten Falle ein Gartenzwerg.

NOSOCOME

ArcaNA ambo

HERREB

Ojeh, Monsieur«, sagte er und stieß seine violette Atmosphäre an wie seine schiefe Welt.

Sengle hörte nicht mehr auf die wirren Worte, sein Blick wurde starr wie der des Mannes mit dem Baum, der, seinen Stock in der Mitte haltend, ihn langsam, fast senkrecht, kreisen ließ und so zwei an der Spitze übereinanderliegende Kegel und das außernatürliche Fluidum der Lichthöfe erzeugte. Ein Xipéhuz wurde stehend und strahlend geboren, und der Waldmensch sprach genial in die schleimige Luft, dreihundert Jahre zwischen jedem seiner Worte, und Sengle lauschte in der Ewigkeit.

DER WALDMENSCH

»Ich habe einen Höllennebel gesehen... Oh, ich ersticke, oh, ist das hübsch... Oh, wie sich das hält! O das Zentrum. Und dort, das ist das Molekül. Das Zentrum ist wundervoll. Das Zentrum. Oh, es ist schön. Ojeh, das Zentrum. O das Zentrum Gottes. Und seine Peripherie. Eine Peripherie hat kein Zentrum. Es gibt Gärten. Oh die Müdigkeit der Bewegung. Ich spüre eine Peripherästhesie... Ojeh.«

Neunhundert Jahre, dann ging er auf die andern zu, und, da Gott es zuließ, schlicht er sagte:
»Ich bin der Waldmensch.«
Neunhundert Jahre.
»Oh! Jetzt fällt es.«
Neunhundert Jahre langsamer Fall des Stocks im konsistenten Äther.
»Ich habe Eis um meinen Stock. Oh, er dreht sich! Du drehst dich um meine Ideen. Doch meine Ideen sind nicht rund. Fünfeckig. Das Fünfeck ist aus geraden Linien gemacht. Eine Idee ist kein Weg, sie ist nicht gewunden. Das ist ein Übergang, eine Neubesohlung...«

Sengle dachte darüber nach, daß er PERIPHERIE gesagt hatte und nicht *Oberfläche,* daß der Xipéhuz also lebendig war. Das Fluidum des Mannes traf auf Sengle, und sehr schmerzhaft stöhnte der Mann noch:
»Ojeh, Monsieur.«
Und er verschwand wieder für einige Jahre im dichten Dunst. Nosocome und Pyast stritten.

PYAST

»Eine Schnecke sieht dort mit ihren Beinen. Bei Tag war sie als

Kriechschnecke verkleidet, sie war Ohrschnecke. Es ist die Mitte, ich halte immer die Mitte.

NOSOCOME

Der Waldmensch unterbricht uns.

PYAST

Doch er durchquert mich nicht aufrecht, das ist eine Subtilität.

NOSOCOME

Seit drei Tagen sind wir hier.

DER WALDMENSCH

O mein Stock.

PYAST

Dein Kloppstock.«

Er kam noch näher, und Sengle mußte sich wie zuvor durch magnetische Bestreichungen schützen.

DER WALDMENSCH

»Oh, ich bin verloren, diese Nägel... Die Nägel, das Eis. Aber so sehen Sie doch, die grünen Nägel.«

Er ging noch weiter auf Sengle zu und sagte mit souveräner Verachtung:
»Beobachten Sie mich, Monsieur?... Oh, er hat mir mit seinem Schatten einen Fußtritt versetzt.«

Sengle, hellsichtig, wollte ihn Äther einatmen lassen.

DER WALDMENSCH

»Die Dämpfe haben sich verändert.«

Dreihundert Jahre und mit der Stimme eines letzten Seufzers:

»Ach, du hast mir den Geruch zerstört.«

Dennoch ging er die ganze Nacht durch beide Türen hin und her. Sengle stellte einen aufgespannten Regenschirm auf den Boden und sagte zu ihm, daß dies eine grüne Grenze sei; und da er sich für Myriaden von Jahren eingesperrt hielt, wanderte er immer älter werdend, verhutzelt, über einen Stock. Man verriegelte die Türen, und er klopfte:

»Monsieur, machen Sie auf, er ist tot. Elender, was hast du mit diesen Eingeweiden getan?

PYAST

Seine Eingeweide sind durch Hagel vernichtet, mögen sie verbrennen.

HERREB

Sie haben die Eingeweide des Toten vom Konvoi abgewickelt und haben sie auf eine Garnrolle gespult. Warum wickelst du Garnrollen ab? Er wickelt gar Garnrollen ab.

NOSOCOME

Er hat weite Eingeweidenweiden.

PYAST

Ich habe einmal ein Mobile gekannt, das Pumpotto hieß. Pumpotto Mobile; Auto, Mobile.

HERREB, *an die Tür klopfend*

Hier, es ist ein Oberflächlicher.

PYAST

Konnte er nicht seinen Namen sagen?

NOSOCOME

Man soll nicht auf der Straße demonstrieren.

HERREB

Machen Sie auf, Monsieur, hier ist der Tote.

PYAST

Warum klopfst du dreimal? Vier und zwei sind sechs, und die Hälfte von sechs ist drei.

NOSOCOME

Metapher.

PYAST

Felix! Felix!

NOSOCOME

Was?

PYAST

Mein lieber Freund, es gibt drei was, es gibt drei was, es gibt drei...? Das ist die Sprache einer Ente, die ... Ende, was bei dir aufhört. Du hast dich verschlossen.

NOSOCOME

Ich habe mich nicht verschlossen.

PYAST

Das ist eine Parallele mit dem Ende. Du bist parallel zum Ende. Das Ende ist ein Elend, es durchdringt deine Dummheit.

NOSOCOME

Es durchdringt meine Dummheit auf dem Fahrrad deiner Blödheit.

PYAST

ERgo nominor leo.

NOSOCOME

Nun hör mal, Jules Simon. Die Voraussetzung, daß zwei Parallelen Parallelen sind, ist die, daß sie gegensätzlicher Richtung sind.

PYAST

Und wie siehts mit der Resultante aus?

NOSOCOME

Es ist deine Parallelresultante.

PYAST

Nervensäge! da wird er nie herauskommen. Möchten Sie einen Zwickersalat?

DER WALDMENSCH, *hinter der Tür*

O Nägel, das ist kein Glas, reißt die Nägel aus, o die kleinen Nägel, Nägel-Näbel, Footit...

NOSOCOME

Eine Hölle muß eine Art Ruhe sein, weil man einfach nicht weiß, was man dort tut.

PYAST

Du siehst sie schick. Karikatur!

NOSOCOME

Die Hölle ist nicht stinklangweilig.

PYAST

Weil es das einzig Mögliche ist.

NOSOCOME

Er wollte also dieses Etwas wissen, der Waldmensch?

PYAST

Und darum ist er hereingekommen, um es wissen zu wollen.

NOSOCOME

Will er etwas wissen? Die Hölle gehört zum sechsdimensionalen Raum.

PYAST

Gib deine Dimensionen auf, es gibt mindestens neun ehrenwerte.

NOSOCOME

Es gibt drei sowie die Vertiefungen…

PYAST

Den Reifen…

NOSOCOME

Die Zeit…

PYAST

Und umgekehrt. Die Gegenwart hat die Dimensionen des Raums.

NOSOCOME

Die Logik ist der Hammer der Vernunft.

PYAST

Die Logik, die tötet. Hier, Wörterverschlinger: Rhizomorhododendron.

NOSOCOME

Ich stelle mich dem Spott ausgesetzt auf den öffentlichen Plätzen aus.

PYAST

Er… nichts.

DER WALDMENSCH, *kommt herein*

Der Kaffee fließt durch, weil er Subtilitäten hat.«

Andere Haschischraucher, die nicht gesprochen hatten, liegen ausgestreckt auf dem Boden, im Erbrochenen; die ungeordnet

aufeinandergetürmten Düfte auf der Räucherpfanne werden faulig.
»Machen Sie Spiegeleier?« fragt Pyast Nosocome.
Sengle, der Klarsichtigste, weil der Zustand des Haschisch seinem normalen Zustand am ähnlichsten ist, da es ein höherer Zustand ist, ist durch eine einfache Umkehrung fast ein normaler Mensch geworden und hat Notizen gemacht. Er will das Fenster öffnen, um in der Luft die irisierte Blase, an der Akem erstickt, verdampfen zu lassen. Die andern, zwischen ihrem Marsch der Ewigen Juden und ihren Tollhäuslerschreien, klagen:
»Hindert ihn daran, sich hinauszustürzen.«
Der Waldmensch, dessen Krise abnimmt, wird wieder zum deutschen Philosophen Herreb. Aus einer Ecke, die sie schmückte, entfaltet er eine französische Fahne, hinter seinem Kopf zerknittert, und schreit:
»Es lebe Felix Faure! Es lebe die Republik!«
Nosocome nimmt die Fahne an sich, rollt zwei Drittel davon zusammen, umgürtet sich mit dem dritten und ruft:
»Hier sind die Engländer!«
»Sollen wir die Fahnen verbrennen?« sagt Sengle.
»Die Fahne ist ewig, weil sie das Vaterland ist«, sagt Pyast.
»Das enthebt uns der Mühe, sie zu verbrennen«, dachte Sengle.
Man entdeckt eine Laterne aus dreifarbig gestreiftem Papier und zündet sie an.
»Die Laterne«, sagt Pyast, »ist ein leuchtendes Loch mit einer Fahne drumherum.«
Man hängt sie ans Ende der Fahnenstange, der zweite Stock des Waldmenschen, und Herreb setzt seinen beschleunigten Marsch fort. Sengle, wieder in seiner festen Ecke liegend, starrte, so wie Herreb das Zentrum anstarrte, einen Mond an, die Projektion auf die weiße Decke des von der runden Krone der Laterne abgegrenzten Lichtscheins, größer und weißer als der richtige Mond, mit einem schwarzen Wesen in der Mitte, der Kupferschmuck am Ende der Fahnenstange, das der Mann mit seinem Reisigbündel ist oder ein Mondmonument mit zwei

Gesimsen, befrachtet mit zahllosen unersättlichen Wesen.
Der todspendende Mond ist im Zimmer, beschworen von Akem, und Sengle wird ihn, wie einen Klappzylinder zusammengeklappt, in einer runden Schachtel aufbewahren. Akem ist sehr alt geworden und bis unter die Erde verkümmert, das Fenster ist auf den verlassenen Bürgersteig des Morgens geöffnet, Nosocome sitzt reglos auf einer Ecke des Bettes, der schlafende Sengle ist auf dem Fußboden; und vor den Augen der ersten Passanten (das Arbeitszimmer Nosocomes liegt im Erdgeschoß) schnarcht Herreb, der mit seiner Laterne, die Feuer gefangen hat, zu Boden gegangen ist, während das Kupfer der Fahnenstange eine Helmspitze bildet, fröhlich vor sich hin, seinen germanischen Körper drapiert mit dem republikanischen Siebtuch Frankreichs.

V

BRIEF SENGLES AN VALENS

»Mein geliebter Bruder, hier sind die Schuppen des Drachens Freiheit, in die du dich hüllen mußt. Es genügt, daß sie an einer Stelle aufgepfropft werden, und du brauchst dich nicht vor den Lindenblättern in acht zu nehmen. Dies ist, glaube ich, das beste Mittel, diese Aufpfropfung sicher und unsichtbar zu machen.

Wir haben uns bei Radausflügen die Wagenschmiere mit schwarzer Seife und Bündeln schmaler Späne von den Händen gewaschen. Du mußt dir mit einem dieser Spänebündel die Arme an der Stelle einreiben, wo man geimpft wird, oder besser noch, denn dort ist das Gewebe, das den Zellen dieser Schuppen am ähnlichsten ist, am Bauch, und zwar beidseitig der Stelle, wo wir noch bartlos sind. Es wird keine Schramme geben und doch wird das Blut kommen und den Scharlach zu deinem Herzen hin mitnehmen. Das ist besser, als Militärkleider drauf zu haben oder drinnen die sanften Kugeln, die du riskierst. Meine Zuneigung wünscht dir, daß du sehr krank wirst.

SENGLE.«

VI

ICH HABE AUCH ANDERE SCHAFE

(Fortsetzung von Sengles Brief)

»*P.S.* – Es wird ein anderer Umschlag folgen, der winzige gelbe Pilze und einige andere angenehme Fragmente enthält. Du kannst dich damit vergnügen, die Innenseite des Kepis deines Gefreiten und der deiner Kameraden aus der Korporalschaft damit einzureiben; sie werden schnell Haarausfall haben und räudig werden. Du kannst auch ohne Gefahr einige Krusten des Kopfgrinds unter den Nägeln behalten, vorausgesetzt, du putzt sie freundschaftlich mit der zu diesem Zweck konstruierten Bürste für die Köpfe der Militärsoldaten. In einem Spezialtransportgerät gibt es noch eine Pravaz-Spritze mit Diphterie-Kulturen, die ich dir jedoch nur dann empfehle, wenn die Massage mit dem Scharlachroßhaarhandschuh nicht wirksam genug war; der Griff zur Spritze wäre nämlich nach einigen Monaten ausgemusterter Freiheit tödlich, und du wirst besser daran tun, dieses kleine Klistier ins Wasser des Krugs in deinem Zimmer zu träufeln. Nosocome ist neugierig zu erfahren, ob das Wasser ein guter Leiter ist... Zum zweiten Mal, liebevoll auf deine gute Gesundheit.

S.«

Nosocome erklärte Sengle:

»Das einzige postalische Transportmittel für unsere Bazillen und Kulturen ist der japanische Fußwärmer.
Denn die Kultur hält sich nur bei einer Temperatur am Leben, die man zuvor berechnen muß.
Der japanische Fußwärmer, den man in jedem japanischen Bazar findet, ist ein Blechkasten in Handgröße mit fünf Löchern oder Röhren. Er wird verkauft mit fünf Kartuschen aus dicht gerolltem, dünnem Spezialpapier, das rauchlos acht Stunden lang brennt.

Man sieht nichts, und im Kasten entsteht eine gleichmäßige Temperatur von fünfundvierzig Grad.
Die Röhren mit der Kultur werden im Fußwärmer so befestigt, daß sie nicht wackeln, und durch Vergrößerung der fünf Löcher wird nun die Temperatur im gewünschten Maße unter diese fünfundvierzig Grad gebracht.
Es ist ratsam, den Fußwärmer sowie die Kulturen im Fußwärmer in einen unsichtbar durchbohrten Holzkasten, Luftbehälter und Isolator gegen die schnelle Kälte zu stecken, falls unser Patient seinen Militärdienst in mehr als acht Stunden Entfernung von Paris ableistet.«

VII

UNDURCHSICHTIGE KARTEN

Weil Dricarpe diese Alchimien verallgemeinern wollte, ist im Monat März ihr Faktotum Dricarpe gestorben.
Die Champs-Élysées, Nebel, einige Radfahrer. Straßenhändler bieten für die Hüte dreieckige, handbemalte Plaketten an. Mit seinen Leinenschuhen läuft Dricarpe, die Augen unter der matten Sonne geschlossen und blond, wie ein Schlittschuhläufer über einen grauen Teich oder wie die nächtlichen Zuhälter. Die Mappen, die er verkauft, sind broschürte kleine Hefte, die er mit Nobelblick und einer Gebärde durchsichtiger Karten anbietet. Wortreich preist er hinter einem Pissoir an:
»Kaufen Sie sich die Ausmusterung, Monsieur, das Mittel, wie Sie sie erreichen. Ich verkaufe sie für zwei Sous. Eine kleine Broschüre, zusammengestellt von Dr. Nosocome nach den Vorträgen von Herrn Scheffel, Professor in Gnadenthal. Alle Tricks und Kniffe sind darin angegeben, von der simulierten Belistreß einer Mastdarmsenkung durch ein Stück Tiergedärm, von Ambroise Paré zitiert, bis... Wollen Sie (er schüttelte einen Bund mit winzigen, wunderlichen Blechscheiben) die *Maultrommel?* Mit dieser Musik hinter den Zähnen, wo sie unsichtbar ist, denn sie wird an einen einzigen der Kinnladen geheftet und man entdeckt sie nicht, nicht einmal bei offenem Mund, und bei jedem Einatmen hört der abhorchende Arzt, wohin er auch das Ohr legt, rasselndes Röcheln, Tuberkulose im dritten Stadium. Wollen Sie...
Aber noch besser die Formeln hier (und er holt sie aus seinem schmutzigen Hosenlatz, wo sie in den sechs Löchern der Trommel eines goldenen Revolvers mit diamantenbesetztem Kolben versteckt waren), übermenschliche Entdeckungen in diesen winzigen zeitfarbenen Bänden, von denen wir Ihnen garantieren, daß sie keiner der in den Universitäten geborenen Esel unter dem Schlamm einer tastenden Wissenschaft in den nächsten fünfhundert Jahren kapieren wird. Die erste läßt für einen

Tag den Körper um ein Drittel seiner Größe zusammenschrumpfen; die zweite lähmt mit Hilfe einer einfachen Injektion für eine vorgegebene Zeit bis zur Leichenstarre und dem Einsetzen der Verwesung. Die dritte, von Swédiaur bereits geahnt, ist schon einmal benützt worden... Tausend Francs jedes Freiheitsrezept. Die Formel gibt es garantiert nur in einem einzigen Exemplar und nach sechsundsechzig Sekunden, Zeit genug, sie zu lesen, verpuffen die phosphoreszierenden Buchstaben und das Papier bei der Berührung mit der Luft und verbrennen spontan...«

Ein Polizist, der gesehen hatte, wie Dricarpe einen jungen Mann in ein Pissoir schleppte, lief herbei.

»Die sechste...«

Dricarpes Gehirn bespritzte geil die beiden mit obszönen Inschriften bekritzelten Schieferinnenwände des Flächenwinkels. Der junge Mann, der ein Poet war, nahm den goldenen Revolver in die Hand. Er wurde später wegen Notwehr freigesprochen.

VIII

AUF DER LANDSTRASSE DER DULCINEA

Die Lampe brannte auf einem roten Tisch und atmete ihren Grillenschrei aus. Die Wände waren mit gelbem Grün bespannt, und es war sowohl der Gesang der Flügeldecken der Insekten des Mooses als auch die innere Zerrissenheit des Schwefelblocks mit dem kristallinen Herzen.
Kupfriges Schwarz setzte seine Fliegenflecke auf die weiße Maske, die von der Wand herabsah, und unter dem Abguß erschien allmählich Valens und begann zu leben. Er hob seine Brauen ein wenig zu den äußeren Augenwinkeln, hielt die Augen niedergeschlagen und weinte ein wenig Seele, wie der Schatten eines Rauchs, von seinen Wimpern über seine nackten Lippen und sein kahles Kinn in Richtung auf Sengle. Und sein Mund dachte.
Nur der Mund ist, wie ein Baumblatt, je nach all den Gesichtern, anders, und es ist der einzige Teil, den man zeichnen kann, ohne zeichnen zu können, denn durch zufällig gebogene Linien wird man immer Lippen ausdrücken und Bewegungen von Lippen, die es gibt. Und selbst wenn die Stimmen gleich sind, so haben zwei, die sprechen, doch verschiedene Münder. Weil es Augenblicke gibt, in denen sie nicht sprechen und in denen die Münder sie selber bleiben. Es waren militärisch domestizierte Lippen für die Konvention der Sprache, die die kleinen taubstummen Weiber von Auray belauerten, bevor sie ihnen durch die Geometrie eines Turnanzugs antworteten.
Valens schwieg, und es war wirklich die Stimme des Schweigens des freien Valens.
Und man kann physisch nachweisen, daß in Gips gegossene Lippen beredter sind als rote Lippen: diese trinken das Licht und sie sind wirklich schwarz; der Mund der Maske warf Sengle den Kuß aller aufgesaugten Sonnen und aller auf dem Lesetisch erloschenen Lampen zu.

Und Sengle glaubte, daß sein Bruder zu dieser Stunde (ohne sich zu fragen, ob die geträumte morbide Inokulation möglich sei und ob die Eisenbüchsen, in denen das japanische Papier verbrannte, ausreichten, das Leben zu erhalten für die kleinen Nachahmungen, es zu verlieren) in der Freiheit erwachte und, wie er selber zweieinhalb Jahre zuvor, auf den rauchgrauen Reittieren floh.
Und um diese Vergangenheit noch einmal zu erleben, hob er sich der Maske entgegen; und der Kopf war nicht mehr der Besuch eines Körpers, der nicht durch ein Katzenloch in der Mauer kommt, sondern Sengle hatte auf *ihrem* Tisch und unter *ihrer* Lampe das Gehirn und die Seele seines Bruders.

Das weiße Gesicht war in jeder Hinsicht das aus einem Lazarettzimmer, gebuckelt mit reinen Betten, die Nasenlöcher schienen die Erhebung der zusammengestellten Knie, und die Stirn war über die Seele gezogen wie eine weiße Decke.
Valens warf immer noch den Augen Sengles den Kuß der Lampe zu; das Knirschen der Flügeldecken lebte immer noch, und es war das Wiederaufleben des letzten Spaziergangs der beiden Brüder, die lärmenden Atome, wie die kleinen gelben Grillen, die die polyedrischen Gänge des Schwefels bewohnen; und das war wiederum der himmlischen Sphärenmusik völlig gleich.
Der Kopf war ganz allein und ganz nackt, und es war die Intelligenz von Valens, die Sengle verhüllte und in seinen Händen hochhob, außerhalb des Rot und Blau der disziplinären Insektenpuppe.
Der Kopf war sogar allzu allein und allzu nackt; die Seele Valens' (Sengle erkannte das Leben oder die Seele immer nur an Bewegungen, die dem Herzschlag analog waren) floh einfach, aus den Lippen kommend, wie Schlick dahinsickert. Als Valens in dem Zimmer ganz und gar zugegen war, wurde seine Seele ein großer blau-brauner Schmetterling, dessen Flügel an

den äußeren Ecken höher standen und der von dem mit seinen Brauen und Wimpern gekoppelten Flug zitterte, den wunderbaren Fleck seiner Augen, die zwei schwarze Tümpel waren, entdeckend und bedeckend.
Sengle war verliebt in die Tümpel und die Tiere, die über den Tümpeln fliegen; man weiß nie, dachte er *auf der Landstraße* von Sainte-Anne, ob man wieder Tümpel finden wird oder die gleichen Tümpel.
Eine Locke war auf einer Seite der Stirn im Gips eingefaßt geblieben; unter Sengles Liebkosung entrollte der wunderbare Schmetterling ihm entgegen seinen Spirit-Rüssel, der eine dunkle, gelockte Feder war, wie die alten Bäume der ersten erträumten Fahnenflucht, und lebend krümmte er ihn zusammen, wie man den Zeigefinger biegt, um jemanden herbeizuwinken.
Die chinesische Ethnographie eines China fremden Volkes... es darf ein bestimmter Wind nicht wehen...
Die Insektenflügel der Lampe zirpten schneller, und das Geräusch wurde kontinuierlicher, wie ein letzter Triller.
Sengle beugte sich zu seinem Bruder hinüber, von dem er jetzt, durch die Entfernung hindurch, erriet, daß er frei war, um ihm die ganze Zuneigung des Kusses aus sonorem Licht zurückzugeben.
Der Gipsmund wurde aus Fleisch und rot, um das Trankopfer von Sengles Seele zu trinken. Die Lampe war rot geworden, dann schwarz, das Eisen erlosch im Auge und die Luft wiegte einen Tränendampf.
Und nach dem vorübergehenden Rot waren die Lippen grün und klebten ganz kalt an den schwarz gemachten Lippen Sengles. Es waren zuviele Komplementärfarben.
Der Tisch schwankte und Sengle lag am Boden infolge des Haufens zerbröckelten Schnees, diesmal Erinnerung an das auf der Zunge knirschende Koffein im Bett des gemischten Lazaretts. Er vergrub sein Gesicht in den kleinen Schuppen, von denen mehrere klebenblieben.
»Warum ist der Mund rot geworden, um meine Seele zu trin-

ken, die durch den Hinterkopf am Eingang meines Gesichts ins Fleisch der Maske geflohen ist?«

Und Sengle tastete in der Nacht nach seinem wie das Herz einer Bombe verschwundenen Selbst, den Mund auf seinem Mord.

IX

WIE MONSIEUR PRUD'HOMME ES SIEHT

Wir haben Monsieur Prud'homme nach dem Ende von Sengles Geschichte gefragt, da dessen luzide Memoiren hier aufhören. Antwort: »Das Alter ist das Leitmotiv der Kindheit, die Gegensätze sind identisch, usw.«
Schon Monsieur Ribot hat physiologisch das gleiche erklärt, und wir wissen, daß Sengle aus der Erinnerung lebte (und starb, auf Grund der obigen schönen Sätze):

Der Glockenturm ist einer Pappel ähnlich.
Auf der Spitze sitzt die goldene Heilige...

Die heilige Anna wacht über ein Denkmal und über ein weißes Blatt.

FRANZÖSISCHE REPUBLIK
Freiheit – Gleichheit – Brüderlichkeit

HAUPTVERWALTUNG DER ÖFFENTLICHEN FÜRSORGE VON PARIS

Name der Anstalt }

Pflegeheim Sainte-Anne

Abteilung M

Der (Die)		Jahre alt	
Beruf	Temperament		Konstitution
Eingeliefert am	18	Saal	Bett Nr.

Datum

KRANKHEITSGESCHICHTE

»Der Patient Sengle wurde von gesunden Eltern geboren, hat jedoch infolge von Zeugungsexzessen Herzrhythmusstörungen bekommen, deretwegen er zu seinem großen Bedauern, denn er war ein ausgezeichneter Soldat (keine Strafe), ausgemustert und vom Militärdienst entlassen werden mußte. Er hat nie Anzeichen von Geistesgestörtheit erkennen lassen. Die Tobsucht, von der er heute heimgesucht ist, muß dem Fall eines sehr schweren Gipsabdrucks zugeschrieben werden, der sich, als Sengle an seinem Schreibtisch arbeitete, von der Wand gelöst und einen heftigen Schlag auf seinen Kopf zur Folge hatte, wie unsere Untersuchung eindeutig nachwies...«

Sengle hatte in einem chinesischen Buch die Ethnographie eines Volkes gelesen...Würde nach Übersee davonfliegen.

Zum Text

»Die glühenden Verehrer Alfred Jarrys«, schreibt der bekannte Jarry-Spezialist Maurice Saillet in seinem Essy *Sur la route de Narcisse (Auf der Straße des Narziß)*, »haben eine geheime Vorliebe für *Tage und Nächte*, die vom Standpunkt des klassischen Romans aus gesehen nicht zufriedenstellender sind als *Ulysses* von James Joyce (es ließe sich hier eine interessante Parallele zwischen diesen beiden Erzählmonstern aufstellen), die aber auf die Distanz, als Gedicht, den Wert einer Tür erlangten, die halb geöffnet einen Blick auf das Geheimnis des Autors freigibt.«

Der Hinweis auf Joyce zeigt schon, daß man bei Jarry – und am allerwenigsten bei dem vorliegenden Buch – nicht jenen flüssigen Stil suchen darf, den der »Normalleser« erwarten zu dürfen glaubt. Nicht nur, daß das Vokabular Jarrys bisweilen mit wissenschaftlichen Wörtern überfrachtet ist; sein Stil befremdet auch durch eine Verrenktheit, die manche seiner Freunde, wie etwa Madame Rachilde, die ihn immer wieder aufforderte, so zu schreiben wie alle Welt, beanstandeten. Auch seine Grammatik orientiert sich nicht in allen Fällen an der Norm. Typisch für ihn sind Inversionen oder die – wie ein Kritiker sagte – bemerkenswerte Manie, »verschiedene Appositionen unerbittlich an das Ende seiner Sätze zu verweisen«.

Bei der Übersetzung dieses Buches war vor allem darauf zu achten, nicht der Versuchung einer allgemeinen Nivellierung zu erliegen, um eine ›Lesbarkeit‹ herzustellen, die das Original auch für den französischen Leser keineswegs hat. Ich habe mich daher weitgehend bemüht, Verschleifungen zu vermeiden, wobei ich in einigen Fällen »bis an die Grenzen der Grammatik gegangen« (Ortega y Gasset) bin. Auch Jarrys Vorliebe für Wortneubildungen wurde in der deutschen Fassung nicht unterschlagen, selbst dann nicht, wenn sie, wie im Original, keinen Sinn ergaben.

Die vorliegende Übersetzung entstand nach der 1981 bei Gallimard erschienenen Fassung, die wiederum der im gleichen Verlag erschienenen Pléiade-Ausgabe von 1972 folgt.

Der Titel ergibt sich aus dem Buch, wo es in Buch IV, 3. Kapitel

an einer Stelle heißt: »Und er dachte vor allem, daß es nur Halluzinationen gibt, und daß es weder Tage noch Nächte gibt (trotz des Titels dieses Buches, weshalb er auch gewählt wurde).« Im Gegensatz zum Original habe ich im deutschen Titel die bestimmten Artikel weggelassen.
Den bibliographischen Angaben liegt weitgehend die von Hans Bolliger erstellte Bibliographie zugrunde.

Biographische Daten

1873 Am 8. September wird Alfred Jarry in Laval, einer normannischen Kleinstadt, geboren. Seine Eltern sind Bretonen.

1878 Wird im Mai im Petit Lycée de Laval eingeschult.

1879 Seine Mutter Caroline zieht mit den beiden Kindern, Alfred und Charlotte, nach Saint-Brieuc, Bretagne. Neun Jahre lang ist Jarry Schüler im Lycée von Saint-Brieuc, wo er ab der Quarta seine ersten Komödien in Versen und Prosa schreibt.

1888 Umzug der Familie nach Rennes, wo Jarry ab Oktober die Unterprima des dortigen Gymnasiums besucht. Zusammen mit seinem Mitschüler Henri Morin bringt er einen Text von dessen Bruder Charles, *Les Polonais,* der von den Mißgeschicken und Widrigkeiten aus dem Leben ihres Physiklehrers Hébert, auch Père Heb oder Ébé genannt, berichtet, in die Form einer Komödie. Sie wird im Dezember 1888 und Januar 1889 erstmals auf dem Speicher der Familie Morin aufgeführt, ab 1890 dann in der Wohnung der Jarrys von den Marionetten des Théâtre des Phynances (Pfuinanztheater). Es ist die erste Fassung von *Ubu Roi* (»König Ubu«), die immer noch den Titel *Les Polonais* trägt.

1891 Im Oktober kommt Jarry nach Paris und belegt dort die Rhetorikvorlesungen am Lycée Henri IV. Einer seiner Mitschüler ist Léon-Paul Fargue, mit dem er sich enger befreundet.

1893 Die von Catulle Mendès und Marcel Schwob herausgegebene Zeitschrift *L'Echo de Paris littéraire illustré* veröffentlicht mit *Guignol,* bei einem Wettbewerb der gleichen Zeitschrift mit einem ersten Preis ausgezeichnet, einen ersten Text aus dem Ubu-Zyklus. Ebenfalls im *Echo de Paris* hatte Jarry kurz zuvor erstmals in einem Artikel über die Pataphysik doziert: »Die ›Pataphysik‹ ist eine Wissenschaft, die wir erfunden haben und deren Notwendigkeit sich allgemein bemerkbar machte«.

1894 Bei den Éditions du Mercure de France, deren Direktor Alfred Vallette ist, erscheint das erste Buch Alfred Jarrys *Les Minutes de Sable mémorial.*

Besucht im Juni des gleichen Jahres Gauguin im Hotel Gloanec in Pont-Aven. Schließt Freundschaft mit dem Verleger Vallette und dessen Frau, der Schriftstellerin Rachilde. Gehört inzwischen auch zum Kreis um Remy de Gourmont, mit dem er die Zeitschrift *L'Ymagier* herausgibt.

Ebenfalls im Juni beginnt der, wie Jarry in Laval geborene, Zöllner Rousseau mit dem Porträt des Dichters, das im darauffolgenden Jahr im Salon des Indépendants ausgestellt wird. Im November wird Jarry eingezogen.

1895 Wegen eines chronischen Gallenleidens wird Jarry vom Militärdienst befreit und aus der Armee entlassen. Bei den Éditions du Mercure de France erscheint *César-Antéchrist.*

1896 Ab Mai regelmäßiger Mitarbeiter der Zeitschrift *La Revue Blanche.* Wird am *Théâtre de l'Œuvre* Dramaturg und Sekretär des Direktors Lugné-Poe. Im gleichen Theater findet am 10. Dezember die Uraufführung von Jarrys *Ubu Roi* statt, die zu einem der größten Pariser Theaterskandale wird. Der Mißerfolg des Stückes führte zum zeitweiligen Bruch mit Lugné-Poe.

1897 Nachdem Jarry das väterliche Erbe vollständig durchgebracht hat (der Vater war 1893 gestorben), beginnt die Zeit der finanziellen Misere, die bis zu seinem Tod dauern wird.

Im August wird seine Wohnung am Boulevard St-Germain gekündigt, worauf er provisorisch zu Henri Rousseau in die Avenue du Maine zieht. Im November zieht er in sein berühmtes Zwischengeschoß in der Rue Chassette, wo er mit seiner Größe von 1.60 m gerade noch aufrecht stehen kann.

Veröffentlicht *Les Jours et les Nuits. Roman d'un déserteur* (Die Tage und die Nächte; Roman eines Deserteurs). Lernt den griechischen Arzt Jean Saltas kennen, mit dem er später *La Papesse Jeanne* in einer Neubearbeitung aus dem Griechischen herausgibt.

1898 Im Januar findet im Théâtre des Pantins eine Marionetten-Aufführung des *Ubu Roi* statt, zu der Claude Terrasse die Musik geschrieben hat.

1899 Arbeitet am dritten Ubu-Zyklus, *Ubu Enchaîné* (»Ubu in Ketten«).

1900 Veröffentlicht unter dem Titel *Les Silènes* eine freie Übersetzung von Grabbes *Scherz, Satire, Ironie und tiefere Bedeutung*. Spielt in der Wiederaufführung des Stückes *Peer Gynt* im Théâtre de l'Œuvre den Troll Drove. Richtet sich zusammen mit seinem Freund und Verleger Alfred Vallette in Coudray an der Seine ein, wo er in den Jahren 1900 bis 1904 die Zeit vorwiegend mit Fischen verbringt.

1901 Im November findet im Theater »4 z'Arts« auf dem Montmartre die erste Aufführung von *Ubu sur la butte* statt, aufgeführt von den Marionetten des Théâtre Guignol des Gueules de Bois.

1902 Hält am 31. März im *Cercle de la Libre Esthétique* in Brüssel einen Vortrag über *Les Marionettes,* der anfangs, als Jarry sein ominöses Wort »Schreiße« ins Publikum spuckt, zu einem Tumult auszuarten drohte.

1903 Jarry wird ständiger Mitarbeiter an der Zeitschrift seines Freundes Franc Nohain, *Le Canard sauvage*. Ferner übernimmt er die Bearbeitung der Rubrik *Le Périple de la littérature et de l'art* der Zeitschrift *La Plume*. Nachdem die *Revue Blanche* und *Le Canard sauvage* noch im gleichen Jahr ihr Erscheinen einstellen, ist er auf die spärlichen Einkünfte von *La Plume* angewiesen.

1904 Scheidet gleich zu Beginn des Jahres auch als Mitarbeiter von *La Plume* aus. Wird kurz darauf von Claude Terrasse auf seine Besitzung in Grand Lemps (Isère) eingeladen, wo sie gemeinsam an der Buffo-Oper *Pantagruel* arbeiten. Erhält durch Vermittlung von Felix Fénéon beim *Figaro* die Rubrik *Fantaisies Parisiennes,* wo er seine Mitarbeit nach einer ersten Veröffentlichung jedoch wegen einer Bemerkung, die man ihm gegenüber gemacht hatte, einstellt. Beginnt sich in den Alkohol zu flüchten, für den er das wenige Geld ausgibt, das ihm seine Gläubiger bzw. der Gerichtsvollzieher lassen. Er ernährt sich fast ausschließlich von Fischen, die er in Coudray aus der Seine angelt.

1906 Im Mai verschlechtert sich Jarrys Gesundheitszustand ganz entscheidend. Er ist jetzt in Laval bei seiner Schwester Charlotte, die ihn pflegt. Er erhält die letzte Ölung. Nachdem er sich im Sommer wieder etwas erholt hat, erwirbt er in der Nähe von Coudray ein kleines Stück Land, auf dem er seine berühmte, 3,69 m auf 3,69 m große Baracke »Tripode« errichten läßt. Grundstück und Baracke bleiben allerdings unbezahlt. Um dem völlig mittellosen Dichter zu helfen, führen seine Freunde eine Subskription für das Buch *Le Moutardier du Pape* durch.

1907 Jarry, der wieder in Laval ist, zieht mit seiner Schwester von der Rue Charles Landelle in das großväterliche Haus in der Rue de Bootz um.

Im Mai bricht eine neue Krankheit aus, die ihn sechs Wochen ans Bett fesselt. Ende September kehrt er endgültig nach Paris in seine Wohnung im Zwischenstock, die »Chasublerie« zurück. Ende Oktober finden ihn Alfred Vallette und Dr. Saltas gelähmt in seiner Wohnung am Boden liegen. Am 1. November stirbt er nachmittags um vier Uhr, umgeben von seinen Freunden, im Hôpital de la Charité. Am Sonntag, den 3. November, findet die Beisetzung statt.

Bibliographische Angaben

BIBLIOGRAPHISCHE ANGABEN

GEDICHTE UND PROSA

Les Minutes de Sable mémorial. Gedichte, Prosa, Szenen. Paris: Éditions du Mercure de France, 1894. Neuauflage: Paris: Fasquelle Éd. 1932.
Les Jours et les Nuits. Roman d'un déserteur. Paris: Éditions du Mercure de France, 1897. Neuauflage: Paris: Éditions du Mercure de France 1948 und 1964. – Gallimard 1981.
L'Amour en Visites. Texte. Paris: Pierre Fort Éditeur 1898. Neuauflage: Illustriert von Louis Perceau, Paris: Au Cabinet du Livre 1927, Gallimard 1972.
L'Amour absolu. Roman. Paris: Éditions du Mercure de France 1899. – Neuausgaben: *L'Amour absolu, avec des souvenirs du Docteur Saltas et des notes de Charlotte Jarry.* Paris: »Les Marges« 1932. – *L'Amour absolu, suivi de l'Autre Alceste.* Préface de Maurice Saillett. Paris: Éditions du Mercure de France 1952.
Messaline. Roman de l'ancienne Rome. Paris: Éditions de la Revue Blanche 1901. – Neuausgabe: Paris: Fasquelle Éditeur 1922.
Le Surmâle. Roman moderne. Paris: Éditions de la Revue Blanche 1902. – Neuausgabe: Paris: Fasquelle Éditeur 1945. Neuauflage: im gleichen Verlag 1953. – Neuausgabe: *Le Surmâle.* Illustré par Roger de Valerio. Paris: Éditions P. A. Chavane 1948.
Gestes et Opinions du Docteur Faustroll, 'Pataphysicien. Roman néo-scientifique, suivi de Spéculations. Paris: Eugène Fasquelle 1911. – Neuausgaben: (Collection »Contemporains«) Paris: Éditeur P.-V. Stock 1920. – *Gestes et Opinions du Docteur Faustroll, 'Pataphysicien.* Préface de Philippe Soupault. Avec 1 Portrait de Picasso. Paris: Éditions Stock 1923. – *Gestes, suivi des Paralipomènes d'Ubu.* Illustré par Geo. A. Drains. Paris: Éditions du Sagittaire, Simon Kra 1921. – Paris: Éditions Fasquelle 1955.
Poèmes. Avec un portrait de Jarry d'après Picasso, tirés à 30 exemplaires aux frais d'un amateur. Brüssel: Eddy du Perron 1926.

La Dragonne. Roman. Préface de Jean Saltas. Paris: Éditions de la NRF, Gallimard 1943.
Œuvres poétiques complètes. Textes réunis par Henri Parisot. Préface d'André Frédérique. Paris: NRF, Gallimard 1945.
La Revanche de la Nuit. Poèmes retrouvés. Édition critique établie par Maurice Saillet. Paris: Édition du Mercure de France 1949.
Visions actuelles et futures. Mit einer farbigen Illustration des Mathematikers Tullarel. Paris: Collège de 'Pataphysique 1950.
Œuvres complètes (8 volumes). Monte-Cario: Éditions du Livre; Lausanne: Henri Kaeser 1948.
Tatane. Almanach-Text. Paris: Collection Haha VI, Collège de 'Pataphysique 1954.
Saint-Brieuc des Choux, poésies tirées d'Ontogénie. Paris: Éditions Mercure de France 1964.
La Chandelle verte, lumières sur les choses de ce temps. Dessins de Pierre Bonnard, édition établie et présentée par Maurice Saillet. Paris: (Collège de 'Pataphysique) Le Livre de Poche 1969.
Œuvres complètes. Textes établis, présentés et annotés par Michel Arrivé. Band I. Paris: Bibliotheque de la Pléiade, NRF, Gallimard 1972.

THEATER

Ubu Roi. Drame en cinq actes en prose, restitué en son Intégrité tel qu'il a été représenté par les Marionettes du Théâtre des Phynances en 1888. Paris: Éditions du Mercure de France 1896. – Neuauflage: Mit der Musik von Claude Terrasse, Paris: Éd. du Mercure de France 1897. – Neuausgaben: Préface de Jean Saltas. Paris: E. Fasquelle Éditeurs 1921. Avec 25 lithographies originales en couleurs et 10 bois en 2 tons par Edmond Heuzé. Paris: Marcel Sautier Éditeur 1947. – Illustré de 42 dessins de René Auberjonois. Rolle: Éditions Eynard 1952. – Avec 20

dessins d'André François. Paris: Le Club du meilleur Livre 1958. – Version pour la scène du T.N.P. Paris: Éditions »L'Arche« 1958.
Ubu Roi, Ubu enchaîné et les Paralipomènes d'Ubu. Paris: Club Français du Livre 1950.
Ubu enchaîné, précédé d'Ubu Roi. Paris: Édition de la Revue Blanche 1900.
Ubu enchaîné, suivi d'Ubu sur la Butte, des Paralipomènes et d'Essais sur le Théâtre. Préface de Jean Saltas. Paris: Fasquelle Éditeur 1938.
Almanach illustré du Père Ubu. (XX. siècle) 1. janvier 1901. Paris: Ambroise Vollard 1901. Nachdruck: Lausanne: Édition du Grand-Chêne 1949.
Ubu sur la Butte. Réduction en deux actes d'Ubu Roi. Théâtre Mirlitonesque. Paris: Éditions E. Sansot 1906.
Par la Taille. Un acte comique et moral en prose et en vers pour esjouir grands et petits. Théâtre Mirlitonesque. Paris: Éditions E. Sansot 1906.
Le Moutardier du Pape. Opérette-Bouffe en trois actes. Orné d'un portrait de l'auteur par F. A. Cazals et de vignettes par Paul Ranson. Subskriptionsausgabe. Paris 1907.
Pantagruel. Opéra-Bouffe en cinq actes et six tableaux. Zusammen mit Eugène Demolder. Musique de Claude Terrasse. Partition pour Chant et Piano. Paris: Société d' Éditions musicales 1910. – Neuauflage: 1911.
Ubu Cocu: restitué en son Intégrité, tel qu'il a été représenté par les Marionettes du Théâtre des Phynances. Cinq actes. Genf: Trois Collines 1944.
Choix de Textes. Préface de René Massat. Lausanne: Guilde du Livre 1946.
L'Autre Alceste. Drame en cinq récits. Commentaire de Maurice Saillet. (Collection »L'Age d'or« – Henri Parisot. 46). Paris: Éditions de la Revue »Fontaine« 1947.
Les Alcoolisées. Opéra-chimique. Introduction de J.-H. Sainmont. Publiées par les soins éclairés du Collège de 'Pataphysiques. Paris 1952.

Le Vieux de la Montagne, cinq actes schématiques. Préface de Raymond Queneau. Genf: Éditions Connaître 1958.
Tout Ubu [Ubu Roi, Ubu Cocu, Ubu Enchaîné, Almanachs du Père Ubu, Ubu sur la Butte avec leurs prolégomènes et paralipomènes]. Édition établie par Maurice Saillet. Paris: Le Livre de Poche 1962.

DEUTSCHE ÜBERSETZUNGEN
(Bühnenmanuskripte nur in Auswahl)

Bei der Braut. (Kapitel VI des Romans *Die Liebe auf Besuch*). In: *Der Amethyst.* Hg. von Franz Blei. Wien 1906, S. 362–367.
Das Zehntausendmeilenrennen. (Kapitel V des Romans *Der Supermann*). Übersetzt von Franz Blei (?). In: Hyperion-Almanach 1911. München 1911, S. 96–131.
König Ubu. Übersetzung von Renate Gerhardt. Bühnenmanuskript. München: Verlag Kurt Desch 1958.
Ubu als König. Übersetzung von Hilde Strobel. Bühnenmanuskript. Frankfurt: S. Fischer 1959.
König Ubu. Ein Drama in 5 Akten. Übersetzung und dokumentarischer Anhang von Marlis und Paul Pörtner. Zürich: Arche 1959.
Ubu. Fassung von Hans Dieter Schwarze (nach der Collage aus König Ubu und Ubu in Ketten von Jean Vilar) unter Verwendung der Übersetzung von Renate Gerhardt. Bühnenmanuskript für die Aufführung in den Münchner Kammerspielen 1959. Auszugsweise gedruckt in *Nota. Studentische Zeitschrift für bildende Kunst und Dichtung,* Nr. 1 / München 1959.
König Übü. Neufassung von Rainer Zoll unter Verwendung der Übersetzung von Renate Gerhardt. Bühnenmanuskript für die Aufführung der »neuen bühne«, Frankfurt 1959.
Ubu der König. Nachgedichtet von Robert Wolfgang Schnell. Bühnenmanuskript für die Aufführung im Schauspielhaus Hansa, Berlin 1963.
König Übü. Übersetzung und Bearbeitung von Wolfgang Kolne-

der. Bühnenmanuskript für die Tübinger Aufführung 1964/65.
König Ubu/Ubu in Ketten. Neufassung in zwei Teilen von Milos Macourek und Jan Grossman für die Aufführung im Theater am Geländer, Prag 1964. Aus dem Tschechischen von Ehrenfried Pospisil. In: Theater heute (Velber), 1967/Heft 3.
Die Szene für ›Ubu Roi‹ (aus Jarrys Brief vom 8. 1. 1896) und *Annäherung an die abstrakte Szene,* zusammen mit Lugné-Poes Aufsatz *Der Schauspieler im Raum.* In: *Bühne und bildende Kunst im XX. Jahrhundert.* Hg. von Henning Rischbieter und Wolfgang Storch. Velber 1968.
Heldentaten und Lehren des Dr. Faustroll (Pataphysiker). Übersetzt von Irmgard Hartig und Klaus Völker. Hg. von Klaus Völker. Berlin: Renate Gerhardt 1968.
Der Supermann. Moderner Roman. Übersetzt von Greta Tüllmann und Renate Gerhardt. Berlin: Renate Gerhardt 1969.
Vater Ubu in Ketten. Übersetzt und bearbeitet von Jean Launay und der Dramaturgie der Schaubühne am Halleschen Ufer Berlin. Bühnenmanuskript für die Aufführung Berlin 1969.
König Ubu / Ubu Hahnrei / Ubu in Ketten. Deutsch von Marlis und Paul Pörtner. Im Anhang: Ubu-Materialien, Ubu-Chronik und Nachwort des Herausgebers. Hg. und mit einem Nachwort von Klaus Völker. München: Hanser 1970.
Vater Ubu. Freie Bearbeitung nach Szenen und Texten Alfred Jarrys von Hans Bauer. Bühnenmanuskript für die Aufführung des Basler Theaters, Basel 1970.
Ansichten über das Theater. Deutsch von Brigitte Weidmann. Zürich: Arche 1970.
Messalina. Deutsch von Brigitte Weidmann. Mit einem Vorwort von René Massat und einem Essay von Eduard Fuchs über »Die Orgie«. München: Rogner & Bernhard 1971. – Taschenbuchausgabe München: dtv 1977.
Der Alte vom Berge. Gedichte, Dramen, Prosa und ein Anhang »Was ist Pataphysik?«. Deutsch von Anneliese Hager, Ludwig Harig, Eugen Helmlé und Klaus Völker. Hg. und mit einer Nachbemerkung von Klaus Völker. München: Hanser 1972.

Der Alte vom Berge. Übersetzt von Eugen Helmlé. Bühnenmanuskript für die Aarauer Aufführung 1974.
Der enthirnte Ubu (Ubu sur la Butte). Übersetzung: Ursula Behse; Bühnenfassung: Manfred Nöbel. In: Stücke für das Puppentheater 1900 bis 1945. Berlin 1974.
Ubu Rex. Deutsch von Heinz Schwarzinger. In: Spectaculum 29, Frankfurt: Suhrkamp 1978.
Ubu Hahnrei. Deutsch von Heinz Schwarzinger. Bühnenmanuskript. Frankfurt: Verlag der Autoren o. J.
Ubu Knecht. Deutsch von Heinz Schwarzinger. Bühnenmanuskript. Frankfurt: Verlag der Autoren o. J.
Ubu auf dem Berg. Deutsch von Heinz Schwarzinger. Bühnenmanuskript. Frankfurt: Verlag der Autoren o. J.
König Ubu. Stücke und Materialien. Aus dem Französischen, herausgegeben und eingeleitet von Manfred Nöbel. Leipzig: Philipp Reclam jun. 1978.
Die Liebe auf Besuch. Deutsch von Eugen Helmlé. München: Klaus G. Renner 1983.
König Ubu. Nach der Übersetzung von Marlis und Paul Pörtner bearbeitet von Barbara Landbeck und Thomas Hafki. Bühnenmanuskript für die Aufführung im Münchner Literaturbüro/Haidhauser Werkstatt November 1984.

ÜBER ALFRED JARRY (AUSWAHL)

Jean Amrouche: *Jarry en enfer.* In: *Arche,* 1947, Nr. 21.
Guillaume Apollinaire: *Feu Alfred Jarry.* In: *Les Marges,* Nr. 18, November 1909.
Noel Arnaud: *La vie nouvelle d'Alfred Jarry.* In: *Critique,* Nr. 151, Dezember 1951, S. 1011–1025.
Noel Arnaud: *Alfred Jarry, d'Ubu roi au Docteur Faustroll.* Paris: Éditions La Table Ronde 1974.
Michel Arnaud: *Compte rendu de Messaline.* In: *La Revue Blanche,* Nr. 184, 1. 2. 1901.
Jacques Audiberti: *Jarry revient.* In: *Comoedia,* 25. 12. 1943.

Henri Bauer: *L'Echo de Paris.* 12. 12. u. 18. 12. 1896.
Henri Béhar: *Jarry le monstre et la marionette.* Paris: Librairie Larousse 1973.
Maurice Betz: *Alfred Jarry et l'Ubuisme.* In: *Paris-Midi,* 23. 4. 1944.
Henri Bouché und François Lachenal: *Was ist 'Pataphysik? Elementare Einführung in die 'Pataphysik.* Offenbach: Druckerei Paul Giese 1959.
Robert Brasillach: *Ubu Prophète.* In: *Revue Universelle,* 15. 7. 1938, S. 231–234.
André Breton: *Alfred Jarry.* In: *Les Pas perdus.* Paris: NRF Gallimard 1924, S. 47–65. – *Alfred Jarry.* In: *Anthologie de l'Humor noir.* Paris: Éditions du Sagittaire 1940, S. 168–179. – Deutsche Übersetzung: *Anthologie des Schwarzen Humors.* München: Rogner & Bernhard 1971.
Charles Chassé: *Le Sources d'Ubu Roi.* Avec 12 dessins. Paris: Éditions H. Floury 1921.
Charles Chassé: *D'Ubu Roi au Douanier Rousseau.* Paris: Nouvelle Revue Critique 1947.
Paul Chauveau: *Notes sur Alfred Jarry.* In: *Mercure de France,* 1. 11. 1926, S. 581–599.
Paul Chauveau: *Alfred Jarry ou la Naissance, la Vie et la Mort du Père Ubu.* Avec leurs portraits. Paris: Éditions Mercure de France 1932.
Berthe de Courrière: *Paraphrase au sujet de César-Antéchrist.* In: *L'Art littéraire,* Juli/August 1984.
René Crevel: *Geste du Docteur Faustroll.* In: *Nouvelles Littéraires,* 20. 10. 1923.
Arthur Eloesser: *Ubu Roi.* In: *Das Magazin für Literatur,* Berlin 20. 5. 1897.
Martin Esslin: *Das Theater des Absurden.* Frankfurt 1964, S. 275–279.
Félicien Fagus: *Alfred Jarry.* In: *Occident,* Nr. 72, Nov. 1907.
Léon-Paul Fargue: *Alfred Jarry, mon camarade d'école.* In: *Nouvelles Littéraires,* 12. 1. 1929.
Géroy: *Alfred Jarry soldat de 2e classe.* In: *Aspects,* 7. 7. 1944.

Carola Giedion-Welcker: *Alfred Jarry, Clown und Prophet.* In: *Die Weltwoche,* Nr. 584, 19. 1. 1945, S. 17.
Carola Giedion-Welcker: *Alfred Jarry. Eine Monographie.* Zürich: Die Arche 1960.
Carola Giedion-Welcker: *Anthologie der Abseitigen (Poètes à l'Écart).* Zürich: Die Arche 1965, S. 49–62.
Carola Giedion-Welcker: *Wirklichkeit und Vision bei A. Jarry.* Zur Gesamtausgabe von A. Jarrys Werken. In: *Die Weltwoche,* Nr. 870, 14. 7. 1950.
H.-A. Grubbs: *A. Jarrys Theories of dramatic technique.* In: *Romantic Review.* 1935, S. 340–345.
H.-A. Grubbs: *L'influence d'Isidore Ducasse sur les débuts littéraires d'Alfred Jarry.* In: *Revue d'Histoire littéraire de la France.* 1935, S. 437–440.
Hans-Horst Henschen: *Die Schönheit des Pfuinanztheaters beruht auf dem Funktionieren der Falltüren!* (Rezension von Klaus Völker / Hg.: *König Ubu,* etc., München: Hanser 1970). In: Süddeutsche Zeitung, 19. 3. 1970.
Marcel Jean et Arpad Mezei: *Genèse de la Pensée moderne, ses sept Écrivains »essentiels«. Sade, Lautréamont, Rimbaud, Mallarmé, Jarry, Apollinaire, Roussel.* Paris: Éditions Corrêa 1950. S. 147–163 u. ff.
Marcel Jean et Arpad Mezei: *Jarry et le tourbillon contemporain.* In: *La Nef,* März 1950, S. 189–196.
Robert Kemp: *Apothéose de Jarry, Prince de la sotie.* In: *Bataille,* 1928, Nr. 10/12.
André Lebois: *Alfred Jarry l'Irremplaçable.* Paris: Le Cercle du Livre 1950.
Jacques-Henri Levesque: *Alfred Jarry.* Reihe: Poètes d'Aujourd'hui 24. Paris: Pierre Seghers 1951.
Jean Loize: *Jarry est-il le »Sourcier« inconnu de l'art moderne?* In: *Arts,* Nr. 419, 10.–16. 7. 1953.
Fernand Lot: *Alfred Jarry. Son Œuvre.* Paris: Éditions de la Nouvelle Revue Critique 1934.
Paul Pörtner: *Die Theaterkonzeption Alfred Jarrys.* In: *Spontanes Theater.* Köln 1972, S. 85–92.

Pierre Quillard: *De l'imagination et de l'expression chez A. Jarry.* In: *La Revue Blanche, Nr. 216. 1. 6. 1902.*
Jacques Robichez: *Jarry ou la Nouveauté absolue.* In: *Théâtre Populaire,* September 1956.
Rachilde: *Alfred Jarry ou le Surmâle des Lettres.* Paris: Éd. B. Grasset 1928.
Maurice Saillet: *Sur la Route de Narcisse: Jarry et la peur de l'amour.* Paris: Éditions Fontaine 1947.
Maurice Saillet: *L'œuvre de Jarry.* In: *Critique,* Nr. 33, Feb. 1949, S. 5–18.
Jean Saltas: *Souvenir sur Alfred Jarry.* In: *Marges,* 15. 10. 1921, S. 83–85.
I. L. Sandomir: *Opus pataphysicum: Testament de Sa Feue Magnificence… I.L.S., de son vivant Vice-Curateur-Fondateur du Collège de 'Pataphysique.* Paris: Collège de 'Pataphysique 1958.
Roger Shattuck: *An der Schwelle der 'Pataphysik.* Paris: Collège de 'Pataphysique 1963.
Roger Shattuck: *Die Belle Epoque. Kultur und Gesellschaft in Frankreich 1885–1918.* München: Piper 1963, S. 180–240.
André Thérive: *Avant-Garde d'hier et d'aujourd'hui (Alfred Jarry).* In: *Nouveaux Temps,* 7. 4. 1944.
Albert Thibaudet: *L'Affaire Ubu.* In: *Nouvelle Revue Française,* 1. 7. 1922.
Klaus Völker: *Nachwort zu »Heldentaten und Leben des Dr. Faustroll (Pataphysiker)«.* Berlin: Renate Gerhardt 1968.
Klaus Völker: *Nachwort zu »König Ubu«, »Ubu Hahnrei«, »Ubu in Ketten«.* München: Hanser 1970, S. 144–156.
Klaus Völker: *Anmerkungen und Nachbemerkung zu »Der Alte vom Berge«, Gedichte, Dramen, Prosa.* München: Hanser 1972, S. 135–149.

Nachwort

Poet und Bohemien, lebte, dachte, handelte Alfred Jarry nur in Extremen; seine Literatur und seine bürgerliche Existenz waren so sehr eins, daß er schließlich in die Rolle seiner Geschöpfe schlüpfte und aus seinen eigenen Schöpfungen heraus lebte. Er ist der Erfinder des kringelbäuchigen Ubu, in dessen kugeligen Wasserwanst er alle Gemeinheiten und Schändlichkeiten und Dummheiten hineingepackt hat, deren er die Welt für fähig hielt. Das Fahrrad machte ihn, den hemmungslosen Radfahrer, stadtbekannt, und sein ebenso leichtsinniger wie rücksichtsloser Umgang mit dem Schießeisen – einer Nachbarin, die sich einmal über seine wilden Schießereien mit dem Hinweis beschwerte, er könne eines ihrer Kinder treffen, gab er kalt zur Antwort: »Aber Ma-da-me, wenn dieses Unglück eintreten sollte, würden wir Ihnen neue machen!« – weist ihn als dickfelligen Revolverhelden aus. Dennoch soll er, wie Freunde bekunden, zartfühlend und sogar sentimental gewesen sein, obgleich er ein notorischer Frauenhasser war. Apollinaire apostrophierte ihn als den »letzten sublimen Wüstling der Renaissance«, und die Surrealisten entdeckten in ihm einen ihrer Vorläufer. Von sich selbst sprach er nur im Pluralis majestatis, seine Rede war weder ja ja noch nein nein, sondern »Schreiße«, und im Umgang mit andern legte er allmählich eine bewußte Schroffheit an den Tag, die verletztend wirkte.

Über das Werk dieses Alfred Jarry hieß es Ende der fünfziger Jahre in einer Verlautbarung des »Collegium 'Pataphysicum«[1], dessen posthumer Gründer er war und das im Diesseits und Jenseits die Lehre vom »pataphysischen« Sinn des Daseins verkündet, das den Beladenen dieser Welt zwar keine Erlösungen verheißt, ihnen dafür aber die Wissenschaft der imaginären Lösungen bringt – über dieses Werk also hieß es, es zeuge ausdrücklich vom ursprünglichen Bemühen des Dichters, »die erlauchteste aller Wissenschaften zu umschreiben.«

Gemeint ist damit die 'Pataphysik[2], jene Wissenschaft, von der wir in den Ubu-Stücken zum ersten Mal erfahren und die von einem Bereich handelt, der sich jenseits der Metaphysik erstreckt und die Metaphysik in dem Maße übersteigt wie diese die Physik. Obgleich die 'Pataphysik als Wissenschaft der imaginären Lösungen schon immer existiert hat, bedurfte es außer ihrer Erfindung auch ihrer Bewußtmachung und darüber hinaus ihrer Definition und gründlichen Erforschung in den verschiedensten Beispielen.

Dieser Aufgabe hat sich Jarry sein ganzes Leben lang gewidmet und dabei herausgefunden, daß die »Pataphysik«, die ja nicht nur die Wissenschaft der imaginären Lösungen, sondern auch die Wissenschaft des Besonderen ist und die Wissenschaft der Ausnahmen insofern, als es in der Welt nur Ausnahmen gibt und die »Regel« genau genommen nur eine Ausnahme von der Ausnahme ist, nicht allein in den exakten und unexakten Wissenschaften zu finden ist, sondern auch in den Künsten sowie in allen literarischen Aktivitäten und Inaktivitäten. Die vollständigen und »pataphysisch« entscheidenden Beschreibungen dessen, was »Pataphysik« ist, finden wir in Jarrys glanzvollem Hauptwerk *Gestes et Opinions du Docteur Faustroll, 'Pataphysicien (Heldentaten und Ansichten des Doktor Faustroll, 'Pataphysiker),* das, bereits 1898 geschrieben, erst 1911, vier Jahre nach dem Tod des Autors, erscheinen konnte.

Alfred Jarry, in dem Kritiker so etwas wie einen literarischen Bilderstürmer aus der Zeit der Jahrhundertwende sehen, kennt man vor allem durch eine Vielzahl von Anekdoten, die sich um seinen Namen ranken und ihn als einen Bürgerschreck ersten Ranges zeigen. Sein Werk hingegen, das sich Modeströmungen und Publikumsgeschmack entzieht, ist eher unbekannt geblieben. Bereits als Pennäler hatte er zu schreiben begonnen und einer dieser frühen Texte, *Ubu Roi,* ein Theaterstück für Marionetten, in dem man eine der Wurzeln des absurden Theaters sehen darf, verschaffte später Jarrys Namen einen gewissen Bekanntheitsgrad.

Ausgestattet mit einem Übermaß an parodierender Phantasie, mit der er alles Phrasenhafte aufspießte, zeigte er gerade mit diesem Stück, daß bizarre Motive und abstruse Geschehnisse, mögen sie ihrem Gehalt nach auch böse, widerwärtig, voller

Gemeinheiten sein, komisch wirken können. Das Lachen aber, das den Leser ankommt, bleibt ihm spätestens dann im Hals stecken, wenn er sich in dem Ungeheuer, das ihm aus Jarrys Spiegel entgegenschaut, selber wiedererkennt. So wurde Jarrys monströse Komik vor allem von den Surrealisten goutiert – Philippe Soupault schrieb 1923[3] begeistert von seinem »zerstörerischen Humor« –, die in diesem Dichter einen Vorläufer sahen und seine Provokationen des Publikums fortsetzten.

Seine Bücher hatten zu seinen Lebzeiten so geringe Auflagen, daß kein Verleger das Risiko mit ihnen eingehen wollte und der Autor sich in einigen Fällen gezwungen sah, sie auf eigene Kosten drucken zu lassen. Erst 1948, mehr als vier Jahrzehnte nach seinem Tod, erschien in Frankreich sein Gesamtwerk. 1972 schließlich hatte er Anrecht auf eine zweibändig geplante Pléiade-Ausgabe[4], womit dieser einst als »enfant terrible« verschriene Dichter endgültig zum französischen Klassiker avanciert war. Versuchen wir zunächst einmal, über das Biographische einen Zugang zu diesem »Klassiker« zu finden.

Einer bretonischen Familie entstammend, wurde Alfred Jarry am 8. September 1873 im normannischen Laval geboren. Er besuchte anfangs das kleine Gymnasium seiner Heimatstadt, kam dann aber, bedingt durch die unsteten Familienverhältnisse, aufs Gymnasium nach Saint-Brieuc in der Bretagne, wohin seine Mutter, die etwas überspannte, manche sagen exzentrische Tochter eines Richters, mit den beiden Kindern gezogen war. Ihr Mann, ursprünglich Handelsvertreter, der sich schließlich zum Direktor und Teilhaber einer Tuchfabrik emporgearbeitet hatte, war gerade die soziale Leiter wieder hinuntergefallen. Über die Eltern sollte sich der Sohn später in wenig schmeichelhafter Weise äußern: »Unser Vater war ein unbedeutender Kerl, das, was man einen braven Mann nennt. Sicherlich hat er unsere ältere Schwester gemacht, mit der Verfertigung unserer wertvollen Person aber hat er bestimmt nicht viel zu tun gehabt. Meine Mutter war, wie alle Frauen, die

Verzweiflung ihres Mannes, der vielleicht den großen Fehler beging, nicht den Knüppel zu gebrauchen.«
Das harsche Urteil über den Vater dürfte mit dessen geschäftlichem Mißerfolg zu tun haben: seitdem er Pleite gemacht hatte und seinen alten Beruf als Handelsvertreter wieder aufnehmen mußte, wurde er von der ganzen Familie als Versager angesehen. Die Bemerkung über seine Mutter hat sicherlich mit seinem notorischen Weiberhaß zu tun.
Im Oktober 1888 siedelte die Familie nach Rennes über, wo Alfred, obgleich gerade erst fünfzehn Jahre alt, in die Unterprima des dortigen Gymnasiums aufgenommen wurde. Hier machte er auch das Abitur und schrieb die ersten apokalyptischen Offenbarungen der »Pataphysik«, die er Vater Ubu, dem Helden mehrerer seiner Theaterstücke, in den Mund legt. Das Vorbild für diesen Ubu, König von Polen, war sein Physiklehrer, Monsieur Hébert, ein würdiger, grotesker Akademiker, zwar wohlmeinend, aber als Lehrer hoffnungslos untauglich, in dem die Schüler, die ihn P. H. oder auch Père Héb nannten, sofort ihr Opfer erkannten. Er verkörperte für sie »all das Groteske, das es auf der Welt gab«, und in einer gemeinsam geschriebenen Pennälerfarce, mit der sie ihn der Lächerlichkeit preisgeben wollten, setzten sie ihm ein Denkmal, das weit über den Anlaß hinausreichte. Ganze Schülergenerationen hatten sich an der Niederschrift der unglaublichen Unternehmungen dieses dikken und albern wirkenden Lehrers beteiligt, wobei sich vor allem die beiden Brüder Morin hervortaten, von denen der jüngere ein Mitschüler Jarrys war.
Jarry, als Neuer von den Mitschülern sofort akzeptiert und als Komödienschreiber – er hatte bereits einige Theaterstücke verfaßt – bewundert, wurde um eine Bearbeitung des Stoffes gebeten. Er nahm Thema und Text dieser Farce wieder auf und machte eine Komödie daraus, die im Januar 1889 auf dem Speicher der Morins zum ersten Mal aufgeführt und ein Jahr später als Marionettenspiel in der Wohnung der Jarrys nachgespielt wurde.
1891, nach dem Abitur, kam der Achtzehnjährige nach Paris,

wo er die großen Repräsentanten des Symbolismus, wie Verlaine, Mallarmé, Gourmont, Schwob, Fénéon, der ihn in seiner Eigenschaft als Redakteur verschiedener Literaturzeitschriften zeitlebens unterstützte, zum Teil noch selbst erlebte beziehungsweise persönlich kennenlernte. In Paris begann er sogleich mit dem Studium, das er mit einem Universitätsdiplom abzuschließen hoffte. Nachdem er anfangs zwischen der École Polytechnique und der École Normale schwankte, entschied er sich schließlich für die École Normale, das heißt für die Literatur, und belegte am Lycée Henri-IV einen Vorbereitungskurs für seine »rhétorique supérieure«.
Von Dr. Saltas haben wir ein Porträt Alfred Jarrys aus dieser Zeit[5]:
»Er war ein junger Mann von achtzehn neunzehn Jahren, sehr muskulös, der in einer Radfahrerkluft steckte und in einer erstaunlich mitreißenden Weise wunderbare und unwahrscheinliche Geschichten erzählte, worauf er sich ausgezeichnet verstand. Übrigens waren diese Geschichten gar nicht immer so unwahrscheinlich. So erinnere ich mich, daß er einmal von einer Stadt erzählte, in der nicht die Menschen liefen, sondern die Bürgersteige und in der der Eingang der Häuser im letzten Stockwerk war. Und das zu einer Zeit, wohlgemerkt, als noch nicht die Rede war von Flugzeugen, Rolltreppen oder rollenden Bürgersteigen.«
Es sind die Jahre, in denen er stundenlang über den Büchern sitzt, daneben aber noch die Zeit findet, Paris zu entdecken, seine Straßen, seine Plätze, seine Atmosphäre. Trotz aller Büffelei besteht er jedoch die – zugestandenermaßen schwierige – Aufnahmeprüfung zur Elitehochschule École Normale Supérieure auch nicht nach dem dritten Anlauf. Dennoch gibt er die Hoffnung auf ein Universitätsdiplom nicht auf, da er es offensichtlich nicht wagt, sich ohne finanziellen Rückhalt, wie ihn eine akademische Laufbahn gewährt, ins Leben zu stürzen. Schließlich versucht er eine Lizenz in der Disziplin Literatur zu erwerben, doch auch hier ist ihm das Glück nicht hold: zweimal wird ihm zynischerweise der »Grad eines Lizenziaten mit der

Note *durchgefallen«* verliehen. Nachdem er sich vier Jahre lang abgemüht hat, gibt Jarry schließlich auf und widmet sich ausschließlich der Literatur.
Um seine Werke überhaupt veröffentlichen zu können, kauft Jarry, der nach dem Tod seiner Mutter eine kleine Erbschaft gemacht hat, im April 1894 bei dem Verleger und Gründer des *Mercure de France,* Alfred Vallette, vier Aktien zu je hundert Francs an dessen Verlagsgesellschaft. Damit erwirbt er sich das Recht, auf eigene Kosten seinen ersten Gedichtband *Les Minutes de Sable mémorial (Minutengläser mit Gedächtnissand)* zu veröffentlichen, der noch im gleichen Jahr erscheint.
Ebenfalls in den Éditions du Mercure de France erschien dann 1896 seine Komödie *Ubu Roi*, die, nach einer Privataufführung 1894 im kleinsten Kreis in der Wohnung seines Verlegers Vallette, am 10. Dezember 1896 im Théâtre de l'Œuvre, wo Jarry in der Spielzeit 1896/97 als Dramaturg arbeitete, in der endgültigen Fassung ihre Premiere erlebte und eine völlig andere Seite seiner Kunst zeigte. Bevor jedoch der Vorhang aufging, tauchte ein kleiner, in seinem schwarzen Anzug fast ertrinkender Mann mit auffallend bleichem Gesicht und phosphoreszierenden Augen hinter dem Konferenztisch auf, wie sich seine Gönnerin Rachilde, die Frau seines Verlegers, erinnerte, um das Publikum auf etwas vorzubereiten, das es vielleicht nicht so ohne weiteres schlucken würde.
»Meine Damen und Herren, es wäre überflüssig, abgesehen davon, daß es etwas lächerlich anmutet, wenn der Autor über sein eigenes Werk spricht, dieser Aufführung des *Ubu Roi* einige wenige Worte vorauszuschicken, wenn ich nicht glaubte, daß das Wohlwollen der bekanntesten Kritiker den Bauch Ubus mit weitaus mehr satirischen Symbolen schwanger sah, als man heute abend in ihn hineinpacken konnte.
Der Swedenborgianische Arzt Dr. Miscès hat sehr treffend die rudimentärsten Werke mit den vollkommensten, die embryonalsten Wesen mit den ausgeformtesten verglichen und festgestellt, daß den ersteren alle Akzidenzien, Protuberanzen und Eigenschaften fehlen, was ihnen, wie der Eizelle und Vater

Ubu, die kugelförmige oder annähernd kugelförmige Gestalt beläßt, während bei den andern so viele Einzelheiten hinzukommen, die ihnen etwas Persönliches verleihen, daß sie auf Grund jenes Axioms, daß der glatteste Körper jener ist, der die größten Unebenheiten aufweist, ebenfalls eine Kugelform haben. Deshalb steht es Ihnen frei, in Vater Ubu alle nur denkbaren Anspielungen zu sehen oder einfach nur eine Marionette, die Verzerrung und Deformierung eines Lehrers durch einen seiner Schüler, da dieser Lehrer für ihn all das Groteske darstellte, das es auf der Welt gab.
Was Ihnen heute abend im Théâtre de l'Œuvre vorgeführt wird, ist dieser Aspekt des Werkes. Es hat einigen Schauspielern gefallen, sich für zwei Abende unpersönlich zu machen und eingeschlossen in eine Maske zu sprechen, um ganz genau den inneren Menschen und die Seelen der großen Marionetten darzustellen, die Sie sehen werden.«
In dem Stück selbst geht es ungemein kriminell zu. Vater Ubu, ein Riesenbauch auf Beinen mit einer Mischung aus Schnabel und Haifischmaul als Kopf, Dragonerhauptmann bei König Venceslas, usurpiert in Polen, das heißt in Nirgendwo, aufgestachelt von Mutter Ubu, seiner Frau, einer Megäre und Schlampe übelster Sorte, nach einem wüsten Gemetzel, in dessen Verlauf er seinen Wohltäter und dessen Familie ermordet, den polnischen Thron. Nach einer kurzen Zeit der Popularität richten sich seine Launen, seine Brutalität, seine niederen Instinkte und seine habsüchtige Bestialität auch gegen das einfache Volk. Schließlich unterliegt er in einer Schlacht gegen das russische Heer, aber dank seiner Feigheit gelingt ihm rechtzeitig die Flucht nach Frankreich.
Jarry ließ seinen Spießer in allen Schattierungen des Grotesken und Vulgären zu Wort kommen. Dieses aus Flüchen und Geschimpfe zusammengebraute Wortamalgam macht das blutrünstige Geschehen auf der Bühne zur reinsten Posse und löste beim Premierenpublikum, das vorwiegend dem gehobenen Bürgertum angehörte, Ausbrüche der Ablehnung aus, denn das unaussprechliche Wort »Schrei-ße«, das Vater Ubu

laut, in abgehackter Betonung, von der Bühne rülpste und das im Verlauf der Handlung leitmotivisch immer wiederkehrte, sein geifernder und gröhlender Jargon übertönten allzu kraß »das Harfenspiel des Symbolismus«.
In dem Höllenkonzert aus Pfiffen, Schreien, Protesten und Gelächter, das im Saal losbrach, ergriffen Jarrys Freunde die Partei des Autors und begannen, die Dadaisten- und Surrealistenspektakel der zwanziger Jahre vorwegnehmend, lautstark das Publikum zu beschimpfen. Über zehn Minuten dauerte dieses Tohuwabohu, dann erst klang die Erregung ab und das Spiel konnte weitergehen. Paris aber hatte seinen Theaterskandal.
Diese Reaktion des Publikums hatte Alfred Jarry vorausgesehen, sie womöglich gar provoziert. Er schrieb dazu: »Ich wollte, daß die Bühne, sobald der Vorhang sich gehoben hat, für das Publikum zu jenem Spiegel aus dem Märchen wird, in dem der Unhold sich mit Stierhörnern und einem Drachenleib sieht, wie es seinen übergroßen Lastern entspricht. Es ist nicht verwunderlich, daß das Publikum beim Anblick seines schändlichen Doppelgängers, den man ihm noch nie gezeigt hatte, erschrokken ist, jenes Doppelgängers, der, wie Catulle Mendès sehr richtig bemerkt, ›aus der ewigen menschlichen Dummheit, der ewigen Wollust, der ewigen Fresserei, der Gemeinheit des zur Tyrannei erhobenen Instinkts‹ besteht. Wirklich, es gibt keinen Grund, ein lustiges Stück zu erwarten, denn schon die Masken machen deutlich, daß die Komik des Stückes im besten Falle die makabre Komik eines englischen Clowns oder eines Totentanzes ist.«
Für Jarry ist Ubu »der vollkommene Anarchist, mit all den Eigenschaften, die verhindern, daß wir vollkommene Anarchisten werden, daher auch die Duckmäuserei, Feigheit, Gemeinheit usw.« In einer geradezu prophetischen Vision wird hier der moderne Usurpator und Diktator, wie wir ihn in diesem Jahrhundert in verschiedener Gestalt und mit verschiedenen ideologischen Vorzeichen erfahren mußten, vorgestellt. Zugleich aber ist Ubu auch die Verkörperung des habgierigen, rück-

sichtslosen, bornierten Philisters, der es erst möglich macht, daß solche Kleinbürger-Tyrannen an die Macht kommen können. Auf die politische Bedeutung der Figur wies Werner Klippert bereits 1959 anläßlich der deutschsprachigen Ubu-Aufführung in Frankfurt hin: »Ubu ist der Prototyp eines satirisch gesehenen Besitzbürgers. Wer ihm begegnet ist, weiß nun, daß das 19. Jahrhundert den Kapitalismus nicht nur praktisch und marxistisch-theoretisch fixierte, sondern ihm auch ein theatralisches Denkmal gesetzt hat.«[6]

Nach dem Skandal der Pariser Uraufführung, für den Autor eher ein Erfolg, da er ihn mit einem Schlag bekannt machte, schien Jarry ein gemachter Mann zu sein. Doch weit gefehlt; nach wie vor lebte er in bitterster Armut, ewig von Gerichtsvollziehern bedrängt, so daß er schließlich, um sich von dieser Trostlosigkeit zu lösen, ihr zu entrinnen, wie er glaubte, zum Alkohol griff. Alles, was er zwischen 1896 und 1902, der fruchtbarsten Zeit seines Lebens, veröffentlichte, konnte er nur mit finanzieller Hilfe von Freunden veröffentlichen.

Allmählich begann Jarry, sich mit seiner Figur zu identifizieren, in die Haut seines Ubu zu schlüpfen, von diesem Menschenfresser geradezu verschlungen zu werden. Das Geschöpf trat an die Stelle des Schöpfers, ein Vorgang, von dem der französische Schriftsteller Georges-Emmanuel Clancier meint: »Wie Christus die Sünden der Menschheit auf sich nahm, so nahm Jarry in der Ironie alle Schändlichkeiten und alle Absurditäten einer Welt auf sich, die er in der Gestalt einer lächerlichen und furchterregenden Marionette angeklagt hatte. Ubu ist die Synthese der Dummheit, der Feigheit, der Grausamkeit, der Heuchelei, und um weiterhin Krieg führen zu können gegen dieses Übel, bedient sich Jarry in verwirrender Zweideutigkeit des Aussehens und der Sprache jener Person, die dieses Übel verkörpert.«[7]

Er sprach nur noch im Pluralis majestatis, übernahm den ubuesken Tonfall und legte in sein Benehmen jene bewußte Schroffheit, die ihm in der Folge zur zweiten Natur werden sollte. Damit trug er selbst dazu bei, daß sich das Interesse vor allem auf seine Person konzentrierte, die sich in den Augen der Zeitgenossen als »eine seltsame Mischung von eigenwilliger Distanzierung, brüskierender Provokation und stolzer Bescheidenheit«[8] präsentierte. Leider versperrte diese Maske ein wenig den Zugang zum Werk, das sich ja nicht nur durch Vulgarität und sprachliche Outriertheit auszeichnet, sondern in gleichem Maße, gekoppelt mit einem bisweilen lyrischen und magischen Stil, durch überspitzte Phantastik und bizarren Humor, obgleich Julien Torma gerade den stark anzweifelt[9]. In seinem Buch *Die Belle Epoque* schreibt der englische Pataphysiker Roger Shattuck: »Wenn man seine Schriften sorgfältig und aufgeschlossen liest, zerfallen sie nicht in zwei Hälften. Im Gegenteil, sie weichen immer und ständig von den Geraden ab, wechseln von Vulgarität über zu subtiler Ironie, Empfindung, metaphysischer Spekulation, Blasphemie und Anarchie – und kehren dann, den Kreis vollendend, zur Vulgarität zurück.«

Zu den Freunden, die sich schon früh für ihn einsetzten und ihm bis zum Schluß die Stange hielten – was keine zweideutige Anspielung sein soll auf die gehässige Bemerkung Léautauds –, gehörte auch die Frau des Verlegers Vallette, Madame Rachilde, eine damals sehr bekannte und geschätzte, von den Surrealisten allerdings gehaßte[10] Schriftstellerin und eine der ganz wenigen Frauen, mit denen Jarry sich gut verstanden hat. Als er ihr vorgestellt wurde – er war zu ihrem jeden Dienstag stattfindenden literarischen Salon eingeladen worden –, machte er ihr folgendes Kompliment, in dem zugleich seine Verachtung für die Frau zum Ausdruck kam: »Wir haben ihre Erzählungen gelesen, Ma-da-me. Wir haben bis zum heutigen Tag geglaubt, sie seien von einem Mann geschrieben worden. Wir sehen, daß dem nicht so ist und finden das sehr bedauerlich.«

Ein anderer Gönner und Förderer Jarrys war Felix Fénéon, zuerst Redakteur bei der damals liberalsten literarischen Zeitschrift Frankreichs, *La Revue Blanche,* in der auch Mallarmé veröffentlichte, später dann in der gleichen Eigenschaft beim Figaro. Jarrys erster Beitrag für *La Revue Blanche* war das

Theaterstück *Der Alte vom Berg*, mit dem Jarry, wie Raymond Queneau bewundernd konstatierte, »ein phantastisches historisches Universum geschaffen hat, in dem sich verschiedene Zeiten, Räume und Kulturen durchdringen«[11].
In der gleichen Zeitschrift erschien vor allem zwischen 1901 und 1903/04 eine Reihe von Erzählungen, satirischen Artikeln, Reiseberichten, Theaterkritiken und Anekdoten, die ihm gerade in diesen schwierigen Jahren, in denen die Gläubiger ihn immer härter bedrängten und er in ständigem Briefwechsel mit dem Gerichtsvollzieher stand, erlaubten, sich mühsam über Wasser zu halten. Diese Texte ergänzen nicht nur, wie Klaus Völker schreibt[12], »den spekulativen Charakter seiner dichterischen Visionen, sondern beweisen auch, daß ihm an einer durchaus kritischen Analyse des Welt- und Naturgeschehens gelegen war.« Dem Collegium 'Pataphysicum (Collège de 'Pataphysique) ist es zu verdanken, daß diese Texte Ende der sechziger Jahre in einer umfangreichen Taschenbuchausgabe dem Publikum zugänglich gemacht wurden[13].
Alfred Jarry nur als den Autor des *Ubu* anzusehen, wäre ein großer Fehler. »Dieser phantastische Geist und zugleich scharfe Intellekt..., der eine unerhörte philologische, mathematische, naturwissenschaftliche und technische Begabung und Bildung besaß, dazu ein Gedächtnis, das wie eine Präzisionsmaschine funktionierte...«[14], der dem Fortschrittsglauben seiner Zeitgenossen in das technisch Machbare mit dem größten Mißtrauen begegnete, weil er davon überzeugt war, daß die Menschen dieser rasanten Entwicklung weder intellektuell noch moralisch gewachsen waren, zeigt in seinem Werk eine erstaunliche Diversität, die die Legende von der ganz auf die Figur des Ubu ausgerichteten Eindimensionalität Lügen straft.
Nach der Pariser Aufführung des *Ubu Roi* verbannte Jarry sein Monster gut zwei Jahre lang aus seiner schriftstellerischen Arbeit, eine lange Zeit für einen Autor, dessen literarisches Schaffen nur etwas mehr als ein Jahrzehnt umfaßt. 1897 erschien, ebenfalls im Verlag Mercure de France, sein persönlichstes, mit autobiographischen Details angefülltes Buch, *Les*

Jours et les Nuits. Journal d'un déserteur (*Tage und Nächte. Roman eines Deserteurs*), in dem Jacques Henry Levesque[15] sein gelungenstes und zugleich auch modernstes Buch sieht. Geprägt von ganz persönlichen Erlebnissen und Erfahrungen, besteht dieser Roman aus einer Fülle scharfer Beobachtungen, ätzender Reflexionen und assoziativer, im Haschischrausch entstandener Bilder. Sein Schauplatz ist diesmal eine gesellschaftliche Realität, nämlich das Soldatenleben in der Kaserne, im Lazarett und auf dem Exerzierplatz mit all dem stupiden Drill, dem Rekruten in allen Armeen der Welt ausgesetzt sind. Der Held, an dessen Rekruten-Dasein, Fieberphantasien und Erinnerungsbildern wir teilnehmen, heißt Sengle, ein Name, der aus Singulum abgeleitet ist und auf den rebellierenden Individualisten anspielt, als den wir den Autor kennen. Aber Jarry macht nicht nur den stupiden Leerlauf eines solchen Lebens, den menschenverachtenden Zynismus einer solchen Dressur spür- und sichtbar, sondern er schildert auch minutiös alle Versuche, dieser verhaßten Schikane zu entfliehen, und sei es auch als Deserteur.
Mit diesem Buch hat Jarry sich weitgehend von allen Einflüssen gelöst, denn er hat hier einen neuen Weg gefunden, sein Thema in aller Freiheit zu behandeln, auch hier seiner Zeit wieder weit voraus. Obgleich unter den symbolistischen Dichtern des Mercure de France lebend, ist es Jarry in dieser »Sozialreportage«, als die sich *Tage und Nächte* streckenweise darstellen, gelungen, sich in hohem Maße von der symbolistischen Phraseologie freizumachen. Es gibt keinen Text von Jarry, in dem er so viel von sich selber preisgibt wie in diesem von autobiographischen Elementen stark durchsetzten Buch, auch wenn man sich davor hüten sollte, die Bedeutung dieses Buches dadurch einzuengen, daß man es etwa nur auf den Militärdienst reduziert.
Am 13. November 1894 bestieg Jarry den Zug nach Laval, wo er sich am gleichen Tag in der Kaserne Corbineau, die im Roman zur Kaserne Corneilles geworden ist, meldete. Als eine der ersten Amtshandlungen wurde ihm bereits am darauffolgen-

den Tag seine lange Pagenmähne abgeschnitten; sie »fällt auf dem Felde der Ehre«, wie sich Noel Arnaud ausdrückt[16]. Auf seinen kahlen Schädel setzte man ein breites rotes Kepi, hinzu kommen eine Jacke, in die zwei seiner Sorte hineinpassen würden, sowie eine Hose, die viel zu lang für ihn ist. Einzelheiten darüber finden sich in einem der ersten Kapitel.
Schließlich wurde er einem Unteroffizier mit journalistischen Ambitionen zugeteilt, einem gewissen Gaston Roig aus Montpellier, der ihn später ein wenig unter seine Fittiche nehmen sollte, da er hoffte, mit Jarry einen Fürsprecher in Pariser Literaten- und Journalistenkreisen gefunden zu haben. Von diesem Unteroffizier Roig, der einige Wochen vor Jarry vom Militärdienst entlassen worden war, existiert ein interessanter Brief an seinen früheren Untergebenen:

Montpellier, den 6. September 1895

Mein Lieber Freund!

Danke für Deinen freundlichen Brief (Oh! Ich habe Sie geduzt, aber das macht auch nichts. Ich bleibe dabei und wage zu glauben, daß DU mir gegenüber dasselbe tust).
Also denn…!!! Ich wage zu glauben, daß es Dir besser geht und daß Du Dich jetzt ernsthaft um mich kümmern wirst. Aber wirklich ernsthaft. Denn Du mußt was finden. Und wenn Du nichts finden würdest, hättest Du keine Entschuldigung, denn wenn man wie Du Verbindungen hat, würde das einfach nur beweisen, daß Du Dich nicht genügend darum gekümmert hättest.
Was nicht nett von Dir wäre. Mein Gott! Glaube nicht, daß ich mich auf die winzigen Gefälligkeiten berufen will, die ich Dir beim Barras erwiesen habe. Nein, ich berufe mich einfach nur auf unsere Freundschaft, und ich wage zu glauben, daß sie mich nicht Lügen strafen wird.
Du könntest auch sehen, ob Du nicht eine Stelle als Parlamentsreporter für mich findest. Ich bin sehr flink im Schreiben und

sicherlich würden mich die Rechenschaftsberichte der Parlamentssitzungen nicht allzu sehr erschrecken.
Wie dem auch sei, vier- oder achtteile Dich, mit einem Wort, teile Dich, wie Du willst, aber finde etwas für mich in der Preislage, die ich Dir angegeben habe.
Und dann würde ich Dir in Paris die Hand drücken, ebenso wie Freund Dide, dessen Adresse Du mir einfach nicht geben willst!!! Sage ihm, daß er mir dann wenigstens schreiben soll.

Ich werde seine Prosa mit Vergnügen lesen.
Suche, mein lieber Jarry, suche, und Du wirst finden. Du wirst keinem Undankbaren einen Gefallen getan haben.
Vor allem, halte mich auf dem laufenden über das, was Du unternimmst.

Ich drücke Dir herzlich die Hand.

Gaston Roig
Gaston Roig jr.
Passage Brugas
Montpellier[17]

Bei diesem Freund Dide, dessen Adresse Jarry nicht preisgeben will, handelt es sich um den späteren Chefarzt der Pariser Irrenanstalten, Maurice Dide, Dr. phil., der übrigens während des letzten Krieges von den Nazis deportiert worden ist und in Buchenwald umkam. Obgleich im Zivilleben bereits Assistenzarzt in einem Krankenhaus, war er wie sein Leidensgenosse Jarry beim Militär einfacher Schütze. Im Roman läßt er sich mühelos als Nosocome identifizieren und er spielt in *Tage und Nächte* eine ebenso große Rolle wie sie Dide in Jarrys Militärleben gespielt hat. Die Gefälligkeiten »Nosocome«-Dides bestehen im wesentlichen darin, Jarry Besuche beim Stabsarzt zu ermöglichen, ihn zur Behandlung aufs Krankenrevier legen zu lassen, ihm Genesungsurlaube zu gewähren und ihm bei der methodischen Vorbereitung zur Entlassung vom Militärdienst wegen Dienstunfähigkeit behilflich zu sein.

Dides Freundschaft war für Jarry aber auch wertvoll, um die totale Ignoranz der Militärärzte, ihre Eitelkeit und ihre tragischen Fehler ans Licht zu bringen, denn seine Studien über das Soldatenleben, die er gleich nach seiner Einberufung unternahm, wurden sehr bald auch eine Untersuchung über die Militärmedizin, die dann in *Tage und Nächte* ebenfalls ihren Niederschlag fand.

Maurice Dide, der ebenso wie Unteroffizier Roig einige Zeit vor Jarry aus der Armee entlassen wurde, hatte sich nach seiner Militärzeit in Paris als Arzt niedergelassen. Jarry suchte ihn recht oft in seiner Praxis auf, zum einen, um sich mit ihm über den Gang seiner Ausmusterung zu bereden, zum andern aber auch, weil er sich dort kollektiven Experimenten über die Macht des Haschischs hingab, Sitzungen, über die wir in *Tage und Nächte* einen Bericht finden, von dem Noel Arnaud meint, er sei von absolut wissenschaftlicher Strenge.

Wer sich schließlich für Jarry eingesetzt hat, damit er vorzeitig aus der Armee entlassen wurde, hat man bis heute nicht herausfinden können. Liest man den Roman aufmerksam, hat man den Eindruck, daß Jarry letztlich nur noch auf sich selber und auf die guten Ratschläge seines Freundes »Nosocome«-Dide zählte. Lediglich ein Kapitel aus dem Band *L'Amour en Visites (»Die Liebe auf Besuch«)*[18], und zwar Kapitel IV *Bei der vornehmen Dame,* scheint suggerieren zu wollen, daß eine hochgestellte weibliche Persönlichkeit sich für Jarry eingesetzt hat. »Ja«, sagt die besagte Dame, »wir werden zum Minister gehen. Ich glaube, daß wir Ihnen aus dieser Klemme helfen können.« In Wahrheit glaubte er zu diesem Zeitpunkt an nichts mehr, erhoffte sich von niemandem mehr etwas (»Diese Frau wird ihm aus nichts heraushelfen. Sie hat einen von diesen Friseurpuppenköpfen, die nur funktionieren, wenn eine Feder drin ist«, heißt es einige Zeilen weiter), zweifelte sogar an der Wirkung seiner eigenen Simulantenbemühungen.

Ebenfalls identifizieren läßt sich eine andere Figur des

Romans, nämlich Oberleutnant Vensuet, hinter dem sich der spätere General Tixier verbirgt, der damals seine literarischen Produktionen mit dem Namen Jean Morvan zeichnete. Heute besteht kein Zweifel mehr, daß das Gedicht *Pastorale* und der Prosatext *Amber*, im Buch Oberleutnant Vensuet zugeschrieben, aus der Feder Jarrys stammen. Noel Arnaud vermutet, daß Jarry seine beiden poetischen Texte nur deshalb als Produkte des Dichter-Offiziers Vensuet-Morvan-Tixier ausgab, weil er fand, daß sie denen des Oberleutnants »gleichwertig«, das heißt ausgesprochen schlecht waren. Übrigens hatte Jarry bereits 1895 mit *César-Antéchrist* einen Schlußstrich unter seine lyrische Periode gesetzt und erst 1900, jedoch vergeblich, versucht, wieder Anschluß zu finden. 1903 schrieb er noch einmal drei Gedichte, die seine letzten sein sollten: *Bain du Roi*, *Le Chaînier* und *Bardes et Cordes*.
Aber *Tage und Nächte* könnte man auch als einen Liebesroman bezeichnen, der Liebe zwischen Sengle-Jarry und seinem Zwillingsbruder Valens-?. Es ist die Geschichte eines Menschen, den man von seinem Freund, seinem Doppel oder Doppelgänger, losreißt, eines Individualisten, dessen Persönlichkeit man dadurch zu vernichten sucht, daß man ihn in die anonyme und trostlose Soldatenmasse stürzt, die ihm ein Greuel ist. Der Roman ist überladen mit Sinn und Absichten und Bedeutungen und »er funkelt«, wie Raymond Queneau sagt, »von divergierenden Lösungen«. Wie schon in *Le Vieux de la Montagne (»Der Alte vom Berge«)* finden wir auch hier wieder die Welt der Haschischraucher mit ihrer märchenhaften Illusionskraft, und nur im Reich der Droge vermag Sengle-Jarry die Grenzen zwischen Tag und Nacht niederzureißen, die Grenzen auch zwischen ihm und seinem Zwillingsbruder Valens.
Wer aber ist dieser Valens? Im Buch heißt es, Valens sei zweieinhalb Jahre jünger als Sengle, was zum Beispiel auf den Jugendfreund Léon-Paul Fargue zutrifft. Dennoch sind hier Zweifel angebracht, denn bei der Niederschrift dieses Romans war die Freundschaft Jarry-Fargue bereits in die Brüche gegangen. Außerdem heißt es in dem Kapitel *Adelphismus und Sehn-*

sucht: »Vor Valens hatte er mehrere Freundschaften gehabt...«, was immerhin darauf schließen läßt, daß Fargue nicht mit Valens identisch ist.
Noel Arnaud stellt in seiner monumentalen Jarry-Biographie die Hypothese auf, daß es sich bei Valens um den ebenfalls zweieinhalb Jahre jüngeren François-Bénoît-Claudius Jacquet, genannt Claudius-Jacquet, handelt, der später als Unterpräfekt (was etwa einem deutschen Landrat entspricht) Karriere machte. Zum einen war er damals tatsächlich einer der engsten Freunde Jarrys, zum andern sind die Anfangsbuchstaben ihrer Namen, anders als bei Jarry und Fargue, im Handbuch der Heraldik nur einige Seiten auseinander, wie es in dem Kapitel über die Wappen von Sengle und Valens heißt.
So wie sich in *Tage und Nächte* Vergangenheit, Gegenwart und Zukunft mischen, so etwa, wenn er in dem Roman, der 1894 spielt, eine Reise nach Holland und Belgien beschreibt, die er in Wirklichkeit erst 1896 unternommen hat, so fließen auch immer wieder die verschiedensten Lesefrüchte mit ein. Zum Beispiel die in China sehr volkstümliche Fabel von den fliegenden Köpfen der Yao, einem zu den Man gehörenden außerchinesischen Volk, die wir gegen Anfang des Buches und dann wieder im letzten Kapitel finden: sie entstammt dem Band *Ethnographie des peuples étrangers à la Chine*, das Jarry vermutlich in der Bibliothèque Nationale aufgestöbert hatte. Bei Jarry verbindet sich diese Legende, derzufolge es bei den Yao Männer gibt, deren Köpfe bisweilen dazu neigen, davonzufliegen, was durch eine rote, dünne Linie um den Hals herum angezeigt wird, weshalb sie, sobald sich dieses Zeichen zeigt, von Frau und Kindern während der Nacht bewacht werden, mit dem Bild des fliegenden Drachens, eine Erinnerung an ein Kinderspiel. Diese Symbiose fliegender Kopf – fliegender Drache soll ihm dabei helfen, sich aus der Wirklichkeit des Militärdienstes zu flüchten und damit der drohenden »Amputation der Gehirne« zu entgehen. Denn wie im gesamten Werk Jarrys ging es ihm auch hier nicht um die naturalistische Wiedergabe von Realität, sondern um eine poetische Verwandlung und Durch-

dringung der Welt mit den Mitteln der Phantasie und der Groteske.
Die Kritik reagierte auf den Roman *Tage und Nächte,* für den der Verleger in einer Anzeige mit den Worten geworben hatte: »Entsetzliche Einzelheiten über die Militärmedizin«, ziemlich ratlos. Der französische Literaturkritiker Léon Blum, vor allem bekannt als späterer Ministerpräsident der Volksfrontregierung, der Jarry eher wohlwollend gegenübersteht, verleiht dem Buch in einer Besprechung vom 15. 11. 1887, die in der *Revue Blanche* innerhalb seiner Bücherchronik erschien, gar das Attribut »komisch«, was etwas überraschen mag. Hier der Wortlaut seiner Kritik: »Ich gestehe, daß ich nicht viel von Alfred Jarrys Buch *Tage und Nächte. Roman eines Deserteurs* begriffen habe. Dabei gehöre ich zu denen, die die Schönheit *Ubus* spüren und goutieren. Ich sehe auch, was die besondere Komik dieses Romans ausmacht, das heißt eine präzise und wissenschaftliche Folie, ein verrückter Dogmatismus, der selbst der kleinsten Geste noch diesen astronomischen und philosophischen Anstrich verleiht, vor allem aber diese Steifheit und dieser genau berechnete trockene Witz. Ansonsten wüßte ich allerdings nichts über diese Erzählung eines Deserteurs zu sagen. Es war mir nicht gegeben, tiefer in diesen Roman einzudringen. Ich sage das keineswegs, weil ich hier den Grammatiklehrer spielen will, sondern weil Jarry zweifellos Talent hat, weil er vielleicht ein großes Genie ist, weil er mir dieses Mal aber wirklich übers Ziel hinausgeschossen zu sein scheint, selbst für seine Freunde und seine Zeitgenossen.«
Vielleicht stand außer der Grammatik aber auch der künftige Ministerpräsident dem Literaturkritiker im Wege. Wie dem auch sei, der Verkauf des Buches, Jarrys erstem Roman, soll eher schlecht gewesen sein, obgleich es noch im gleichen Jahr eine zweite und sogar eine dritte Auflage gegeben hat. Es ist zwar nicht bekannt, wie hoch die einzelnen Auflagen waren, trotzdem muß der Verkauf des Buches besser gewesen sein, als man ursprünglich vermutet hatte. Für den Verleger jedenfalls war der angebliche Mißerfolg dieses Buches, in dem die Mehr-

zahl der Kritiker heute den bedeutendsten und wichtigsten Roman Jarrys sieht, Anlaß genug, nichts Neues mehr von Jarry zu veröffentlichen. Der Autor scheint das durchaus verstanden zu haben, so daß kein Schatten auf die freundschaftlichen Beziehungen zu Vallette und Madame Rachilde gefallen ist. In der Tat war es auch Rachilde, die Jarry mit dem Verleger Pierre Fort bekanntmachte, der sich auf Erotika von ziemlich zweifelhafter Qualität spezialisiert hatte und nun sein nächstes Buch *L'Amour en Visites* veröffentlichen sollte. Bei diesen Texten handelt es sich um eine Vorform des 1899 erschienenen Romans *L'Amour absolu*, in denen von sehr pikanten, zugleich aber auch abgründigen Abenteuern des Herzens berichtet wird, die überleiten zu jenen mehr unter dem Vorzeichen der pataphysischen Wissenschaften konzipierten Schriften, zu denen vor allem der erst einige Jahre nach dem Tod des Autors erschienene *Faustroll*-Roman gehört. Es darf vermutet werden, daß der Porno-Verleger Fort, der in *L'Amour en Visites* wohl ein einschlägiges Werk gewittert hatte, nicht ganz auf seine Kosten kam.
Zu Lebzeiten Jarrys erschienen außer verschiedenen Ubu-Texten nur noch die Romane *Messaline*, 1901, und *Le surmâle (Der Supermann)*, 1902. Das Verhalten des »Vater Ubu«, wie er sich gern selber nannte, wurde immer exzentrischer. André Breton sagte von ihm einmal: »Jarry, derjenige, der revolvert«, und tatsächlich wurde außer dem Fahrrad immer mehr der Revolver zu seinem bevorzugten Requisit. Am Ende seines Lebens lief er sogar häufig mit zwei Revolvern an der Hüfte, eine Pelzmütze auf dem Kopf und Pantoffeln an den Füßen durch die Gegend. Ständig fuchtelte er mit dem Schießeisen herum, veranstaltete in seinem Schlafzimmer Scheibenschießen und empfand die größte Genugtuung, wie Guillaume Apollinaire, der ihn persönlich gekannt hatte, berichtete, »die Spießer mit seinem Revolver in Schrecken zu versetzen«. Madame Rachilde erzählt in ihrem Buch *Alfred Jarry ou le Surmâle de la littérature* mehrere Episoden über die Schießwut Jarrys aus der Zeit, als die Vallettes mit einer Gruppe von Freunden in der

Nähe von Paris an der Seine ein Landhaus bewohnten, das sie »La Phalanstère« nannten.
1906 kehrte Alfred Jarry, tödlich erkrankt, nach Laval zu seiner Schwester Charlotte zurück. Von dort schrieb er am 28. Mai, nachdem er bereits die letzten Sakramente erhalten hat, an Rachilde Vallette den folgenden Brief:
»Diesmal schreibt Vater Ubu nicht im Fieber. (Es fängt an wie ein Testament, das übrigens schon gemacht ist.) Ich denke, Sie haben verstanden, daß er nicht an Flaschen oder anderen Orgien stirbt (Verzeihung, das Wort ist heraus). Diese Leidenschaft war ihm fremd, und er hat die Koketterie besessen, sich von den »Ärschen« und anderen Doktoren untersuchen zu lassen. Er hat es weder an der Leber noch am Herzen noch an den Nieren, nicht einmal im Urin. Er ist ganz einfach erschöpft (ein merkwürdiges Ende, wenn man *Le Surmâle* geschrieben hat), sein Ofen wird nicht explodieren, sondern erlöschen. Es wird sich mit ihm verhalten wie mit einem Motor, der einfach stehenbleibt. Und jetzt wird Vater Ubu, der seine Ruhe verdient hat, zu schlafen versuchen. Er glaubt, daß das Gehirn bei der Verwesung über den Tod hinaus funktioniert und daß es seine Träume sind, die das Paradies ausmachen.«
Als Alfred Jarry am 1. November 1907 im Krankenhaus der Charité in Paris starb, äußerte er als letzten Wunsch, man möge ihm einen Zahnstocher bringen, und krönte damit das kleine Meisterwerk schwarzen Humors, das er aus seinem Leben gemacht hatte.

Neuweiler, 8. September 1984 Eugen Helmlé

---

1 *Was ist 'Pataphysik? Elementare Prolegomena zu einer Einführung in die 'Pataphysik.* Paris/Frankfurt: Collegium Pataphysicum 1959.
2 Siehe hierzu auch: Roger Shattuck: *An der Schwelle zur 'Pataphysik.* In neun Sprachen vorgestellte Streitschrift. Deutsche Fassung Ludwig Harig und Eugen Helmlé. Paris: Collège de Pataphysique 1963.

3 Alfred Jarry: *Gestes et Opinions du Docteur Faustroll, 'Pataphysicien.* Préface de Philippe Soupault. Avec 1 Portrait de Jarry par Picasso. Paris: Édition Stock 1923.

4 Bisher erschienen Band I: Alfred Jarry: *Œuvres complètes, textes établis, présentés et annotés par Michel Arrivé.* Bibliothèque de la Pléiade. Paris: Éditions Gallimard 1972.

5 Jacques Henry Levesque: *Alfred Jarry.* Reihe: Poètes d'aujourd'hui. Paris: Pierre Seghers, Éditeur 1954, S. 24.

6 Werner Klippert, In: *Abendpost,* Nr. 156, 10. 7. 1959.

7 Georges-Emmanuel Clancier: *La Poésie Française. Panorama critique de Rimbaud au Surréalisme.* Paris: Pierre Seghers, Éditeur 1959.

8 Carola Giedion-Welcker: *Alfred Jarry. Eine Monographie.* Zürich: Verlag Die Arche 1960.

9 »Diejenigen, die ihn nicht drollig finden, haben recht. Seine Witze sind schwach, sein Humor forciert, und selbst im zweiten Grad, wenn er augenscheinlich über sein Publikum lacht, ist seine vorgegebene Komik schauerlich. Daher sein relativer Mißerfolg, der für ihn übrigens einen Sieg bedeutet, den einzigen Mißerfolg, der zu einer Niederlage (oder Sieg, der zum Triumph) wird, selbst wenn man seine Förderer betrachtet und ihre köstlichen Widersprüche, wenn sie sich zum Lachen gezwungen glauben, – oder ein noch besserer Widerspruch, wenn sie spontan lachen. Ach! Er hat sie gefoppt, alle.« Aus: *Gedichte und Euphorismen* von Julien Torma, übersetzt von Klaus Völker. Aich/Wien: *ERÖFFNUNGEN. Zeitschrift für Literatur und bildende Kunst,* 1965, 5. Jg. / Nr. 15, S. 18.

10 Philippe Soupault: *Gedichte 1917–1930. Übersetzt aus dem Französischen und herausgegeben von Eugen Helmlé.* Reihe Frühe Texte der Moderne. München: edition text + kritik 1983, S. 174.

11 Raymond Queneau: Vorwort zu Alfred Jarry: *Le Vieux de la Montagne.* Genf: Éditions Connaître 1957.

12 Alfred Jarry: *Der Alte vom Berge.* Herausgegeben von Klaus Völker. Reihe Hanser Nr. 92. München: Hanser 1972.

13 Alfred Jarry: *La Chandelle Verte. Édition établie et présentée par Maurice Saillet.* Collège de 'Pataphysique. Paris: Le livre de poche 1969.

14 Carola Giedion-Welcker: *Alfred Jarry. Eine Monographie.* Zürich: Verlag Die Arche 1960.

15 Jacques Henry Levesque: *Alfred Jarry.* Reihe: Poètes d'aujourd'hui. Paris: Pierre Seghers, Éditeur 1954.

16 Noel Arnaud: *Alfred Jarry d'Ubu roi au Docteur Faustroll.* Paris: Éditions de la Table Ronde 1974.

17 Entnommen dem obigen Band.

18 Alfred Jarry: *Die Liebe auf Besuch.* Übersetzt von Eugen Helmlé. Reihe Dezember, 2. München: Klaus G. Renner 1983, S. 47.

INHALT